U0501312

失踪的夹竹桃

裘山山 著

长江出版传媒　长江文艺出版社

图书在版编目（CIP）数据

失踪的夹竹桃 / 裘山山著. --武汉：长江文艺出
版社，2022.12
　　ISBN 978-7-5702-2588-0

　　Ⅰ.①失… Ⅱ.①裘… Ⅲ.①长篇小说－中国－当代
Ⅳ.①I247.5

　　中国版本图书馆 CIP 数据核字(2022)第 049051 号

失踪的夹竹桃
SHIZONG DE JIAZHUTAO

责任编辑：李　艳	责任校对：毛季慧
封面设计：柒拾叁号	责任印制：邱　莉　胡丽平

出版：长江出版传媒　长江文艺出版社
地址：武汉市雄楚大街 268 号　　　邮编：430070
发行：长江文艺出版社
http://www.cjlap.com
印刷：武汉市首壹印务有限公司

开本：880 毫米×1230 毫米　　1/32	印张：5.375　　　插页：1 页
版次：2022 年 12 月第 1 版	2022 年 12 月第 1 次印刷
字数：93 千字	

定价：32.00 元

序:回望少年时代

裘山山

2020年春天,我有了比较多的时间宅在家里。心情沉郁之时,只能不断地阅读。

就在这期间,我读到了几本著名作家写自己少年时代的小说。触动颇大。尽管是小说,但你能感觉到作家是在回望自己的少年时代。其文学意义不说,单是许多细节的描写就让我赞叹,场景和人物都栩栩如生,很鲜活。比如看约翰·厄普代克写的《鸽羽》,感觉那扑闪掉落的羽毛就在眼前,看到赫尔曼·黑塞写到那个小小少年不得已去偷父母的存钱罐时,你都替他提心吊胆。

我在钦佩的同时也很好奇,他们怎么能把小时候的事记得那么清楚?而我回望自己的少年时代时,总是感觉很模糊,许多经历都混混沌沌的,甚至恍恍惚惚的。

当然我也有理由,因为家庭的原因我不断转学,小学读了两个,中学读了三个。这样的场景转换令我有些混乱。有一次高中同学聚会,我问班上的团支部书记,我是不是高二才转学到你们班的?书记说哪里,你是高一下学期转来的。我真是羞愧,那时我已经 16 岁了,怎么连这个都不记得?我那个时候脑子里到底装了些什么呢?

忧心、自卑、胆怯,还有不甘。我能想起来的,只是一种心情。这种心情非常清晰,不用记也忘不了。那种每天小心翼翼面对世界的心情,那种生怕别人知道了家里的事而遭到鄙视的心情,那种郁郁寡欢总是发呆的心情,还有那种暗暗努力想让妈妈高兴的心情,这种种心情,清晰到至今一触碰就会塞满心头,很沉重。

因为这样的沉重,我也开始写我的少年时代。

有一次,我读到意大利作家卡尔维诺的随笔《旅行的沙子》,看到他在末尾留下了写作时间——1974 年,不由心生感慨。1974 年我读高一,到处找不到书看,且不说经典,就是一般的小说也找不到,只能反复看语文课本或报纸。偶尔借到一本书,便如获至宝。设想如果我在 1974 年就能读到《旅行的沙子》或其他文学经典,我的视野,我的思维,一定会有很大不同。

我还算幸运,赶末班车上了大学。虽然进大学时我是班上女生里年龄最大的,但毕竟有了系统学习的机会。尤其是在思想解放、实事求是的八十年代,校园里的大量阅读、热烈探讨、思想交锋以及开放的心态,极大地弥补了我少年时代的苍白,甚至可以说,让我经历了一次洗礼,一次重建,努力去做一个独立思考的人,一个理性的人。

随着人到中年,我开始越来越多地回想自己的少年时代,那是一段非常特殊的岁月,给我们这代人心里打下了深深的烙印。想得多了便开始写。十几年前我曾为此写过一个中篇,但不甚满意,太单薄了,完全没写出应有的分量。

说来我那时已步入中年,却依然写得单薄。这让我意识到,一个作家永远都处在不断走向成熟的过程中,没有止境。有时候我觉得我今年觉醒的一些事,去年还是糊涂的,今年想清楚的一些问题,去年还是似是而非的。岁月让人渐悟,某些大事让人顿悟。开悟和觉醒是多么重要。

这一次,或许是时间长的缘故,我的回望变得格外缓慢凝重。一些模糊的过往慢慢复苏了,在脑海里呈现出来,它们和一些想法一起激活了我的表达。写到后来,我也分不清哪些是我经历的,哪些是我听到的,哪些是我体验的,哪些是我想象的,它们浑然一体,呼啦啦涌出来了。

但我还是尽量放慢速度,不管后面是否有个让我激动的故事匍匐着,我依旧耐心地一点一滴地去表达,去呈现那个年代的天空、树木、气味和少男少女，呈现那个时代少年们的心事。

之所以慢条斯理，是因为今年我又有了个新觉悟：写小说应该在讲故事的同时，尽可能享受语言表达带来的快感。

尤其是，在我回望那段少年时光时，脑海里浮现出的同学，都是那么单纯善良，弱小无辜。他们懵懵懂懂的目光中，也曾有过很多希冀，不幸的是，他们却没有更多的选择，只能在应该读书的年龄，去辛苦劳作。这让我心疼，心生悲凉。这样的心疼和悲凉，也让我无法轻快地表达。

故事陆续发表后，得到很多读者的共鸣，尤其是我的同龄人，他们难免感慨万千，甚至落泪。

是的，那段岁月是应该永远被记住的。我愿意用我的故事，擦亮记忆。

2022 年 3 月于成都正好花园

目　录

第一章:谁在讲故事

1

我还记得那座楼的样子。灰砖房，两层高，建在一个山坡上。山坡下是条大路，大路下就是大江。四月里，我们一家从华北平原的石家庄，搬到了这个临江小城，一时找不到地方住，父亲的单位就把我们临时安置在这个楼里了。这个楼原来是个幼儿园，幼儿园不办了，楼空着。为什么不办了，我不清楚，我当时11岁，读小学五年级。父亲把我们母女三人和一堆没打开的行李丢在那个楼里，就赶去工地了。他是被处理到这里的，必须好好表现，否则有可能去到更偏远更艰苦的地方。

母亲便带着我和姐姐在空荡荡的楼里住下，是二楼朝北的一间，可以看到江。独享这么一栋楼，楼后有树林，楼旁有草坪，不是让她得意，而是让她害怕，害怕到不愿意让我们去上学。也许人的恐惧是源于经验。我没觉得害怕，反正有妈妈和姐姐。我就是无聊，母亲命令不得下楼。楼下好歹有个脏兮兮的滑滑梯和跷跷板。白天我总是趴在窗台上，看下面马路上来来往往的人和少量的车。或者再往远处，看江面上隐隐约约的船。但天一黑，就什么看的也没有了，只能早早睡觉。

每天晚上洗漱完毕，倒洗脚水是个大问题。因为厕所和洗衣房都在走廊尽头，走廊上的灯全坏了，一盏也不亮，穿越过去真的需要很大的勇气。通常是我们母女三人一起出动，妈妈端水，姐姐打电筒，我凑人数。倒完水回到房间，三个人都要长出一口气。后来，妈妈就改成从窗口泼出去了。反正我们楼下是个土坡，土坡下才是路。

哪知有一天晚上，水刚泼下去，就听见楼下有个人大喊：格老子，第二回了！第二回了！

我们母女三人捂嘴猛笑。妈妈笑过后面带愧色地说，这人也真是的，干吗不走大路，要贴着墙根儿走啊？上次也是他。姐姐则学那个人喊，格老子，第二回了！第二回了！姐姐的语言能力超强，学得惟妙惟肖。我们又一次开怀大笑。那一刻我忽然意识到，我们是切切实实来到一个新地方了，是真的离开那个熟悉的亲切的大院了。

妈妈终究还是怕耽误我们学习，过了一周，就将我们分别转到当地的一所小学和一所中学。我当时读五年级下学期，那个时候小学改成了五年制。我如果不去读最后一个月，就进不了中学了。小学离家很近，就在我们那个灰楼后面的山坡上，爬几十个台阶就到了。这里是江城，也是山城。房屋依山而建。我们的小学在山顶上，削了山头，平了一块地，修了两栋楼，外加一个小小的操场，就成了。

我转学到五年级一班。翻开课本，发现在我搬家转学这期间，他们已经把课本学完了。老师对我说，落下的课你也别补了，马上就开始期末复习了，复习的时候认真点。

我才不担心学业，哪有那么懂事，何况那时候小学到中学是一锅端，如今家长们焦虑的"小升初"这个词儿都没出现。我发愁的是没人玩儿。教室里全是陌生的面孔，满耳朵都是不熟悉的语音，好像突然降落到了另一个星球，不是找不到北，是东南西北全找不到。我默默怀念着刚刚离开的大院，在那个大院里，左邻右舍全是一起长大的伙伴儿。离开那天，他们爬上卡车送我们到火车站，火车一开，我便号啕大哭，撕心裂肺地哭，仿佛火车碾碎了我的整个童年。

但是第三天，我就收到这个陌生星球的友好信号了。我的同桌，一个十分瘦小的女生对我说，我喜欢听你说话，你说话好好听。

我高兴得脸都红了。因为班上的其他同学都在嘲笑我，他们学我说话，故意嗲声嗲气的。可我只会说让他们感到可笑的普通话，我一开口，就把自己从人群中扔了出来。本来我那个年龄，也可以很快学会方言。我三岁从老家出来，一个月就丢了老家话说杭州话了；五岁到石家庄，一个月就丢了杭州话改说普通话了。但妈妈明令我不许学当地方言，她认为太粗俗了，小小年纪，动不动就是格老子、龟儿子、瓜娃子、你爬开！她连我说话带个尾音都不让，比如我说，我告诉你了撒。当地人都这么说，"找不到了撒""搞忘了撒"。妈妈就说，撒什么撒？好好讲话！

如此，忽然听到有人说我讲话好听，我真是感激涕零。感激涕零到不知如何表达。那一刻我太想向她示好了，掏心掏肺地想。可是我兜里什么也掏不出来，没有糖（我已经很久没吃糖了），更没有小女孩儿喜欢的发夹之类。情急之中我脱口说，我给你讲故事吧！

对当时的我来说，这是唯一的报答方式了。

她惊讶了一下，马上问，啥子故事？你好久讲呐？

我说，等放了学，你去我家吧。

2

我的讲故事生涯就这么开始了，在那个初夏。

在此之前，我一直是个听故事的人。上学前是父亲讲，上学后是同学讲。我们楼下有个大男生，现在文雅的称之为"学长"，他很会讲故事。每天晚上吃过饭，尤其是冬天，不能外出玩儿，小朋友们就聚集到我家听他讲故事。我和姐姐的房间就成了说书场。其他孩子的父母是不允许在家聚众的，只有我父母比较开明，允许我们呼朋唤友。"学长"讲故事的时候，重点不在故事情节，而在营造氛围，声音时高时低，还佐以手势，有时候还要灯光配合。记得有一次讲到最吓人的时候，他突然拉灭电灯，我们发出一片尖叫，他却悄然离去。第二天，一脸的得意，憋着坏笑。

我肚子里的故事，有一半来自父亲，有一半来自"学长"，几乎没有一个来自书本。我刚读二年级，"运动"就开始了，家里的书都被当成"四旧"收缴了。连环画之外，我只读过两三本字书，比如《小布头奇遇记》《宝葫芦的秘密》，还有《高玉宝》。

我讲了第一个故事后，就把我的同桌给迷住了。她叫赵小珍。我记得第一个故事是"老虎取名字",父亲给我讲的,而且我感觉是父亲自己编的。大意是,四个动物去找老虎大王给自己取名字,其中小乌龟走得太慢,被大家嫌弃,那三个就让它在原地等,答应给它捎一个名字回来。哪知三个家伙拿到名字后太高兴,把小乌龟忘了。小乌龟很伤心,就哭了。三个动物因为羞愧,就从老虎给自己取的名字里,各拿出一个字给小乌龟。而送出的三个字组合起来,就恰好是听故事那个人的名字。我讲的时候,自然是把赵小珍的名字给编进去了,结尾是,小乌龟高兴地说,啊,我的名字叫赵小珍!可把她笑坏了。

必须说,赵小珍是个特别好的听众,她总是跟随我的故事情节做出种种反应,比如笑个不停,或者紧蹙眉头,或者张大嘴巴,甚至还会蒙住脸。这让我得到了极大的满足,平生第一次觉得自己很不简单,还能调动一个人的表情。

赵小珍抑制不住兴奋,告诉了她的好朋友。她的好朋友再告诉她的好朋友,一传五,五传十,班上立马有十来个同学申请要听我讲故事了。我都没想到我这么快就争取到了群众。虽然我一开口说话,还是会把自己从人群中扔出来,但是,有人接住了。

听众骤增让我开心,也让我犯难。我带一个赵小珍回家还可以,虽然她也是一口一个"龟儿子",但如果我带一屋子的"龟儿子"回去,我妈是肯定受不了的,肯定会让我"爬开(滚)"。

我只能在学校展开活动了。

赵小珍立即出来主持工作,相当于现在粉丝群的头头吧,她真是无师自通。放学后,先招呼想听故事的人帮我做清洁,让我在一边休息(这待遇让我既享受又忐忑不安),然后讲几句开场白,好像报幕一样,再请我讲。

后来待遇进一步提高。他们做完清洁后,会用八张书桌围成一个方形,再用八张书桌翻扣在上面,形成一个城堡,在里面摆好椅子。我就坐在城堡中央,给他们讲故事,感觉还真是不一样,不得不尽心尽力地讲。

我的童年是没有童话的童年。安徒生、格林这些童话作家,是我上大学以后才知道的。美人鱼、灰姑娘、丑小鸭、青蛙王子、豌豆公主,还有梦游仙境的爱丽丝,这些名字也是成年后才贯进我耳朵里的。所以我讲的大部分是民间传说。比如田螺姑娘、鲁班造伞什么的。讲的最长的一个,就是《宝葫芦的秘密》了。这故事本来很长,但被我讲得丢三落四,几乎成了个故事梗概,两天就讲完了。

我改变策略,开始在原来的故事里添油加醋,比如讲到一个人，我就说那个人眼睛什么样，鼻子什么样，走路什么样。天地良心，不是为了充字数挣稿费，仅仅是为了对得起那个待遇。当然也是为了延长故事，不然的话，一天得讲两个。

3

连续好几天，我放学回家都比较晚。开始我说做清洁，后来我说学校大扫除。妈妈起了疑心：你怎么总有事？我支支吾吾的，脑子灵光一闪，脱口说：那个，老师给我们补课了。

妈妈脸色立即缓和了：是全班同学都补吗？我说不是，一部分同学。数学还是语文？数学。妈妈知道我语文没问题，我得说数学。妈妈还是问，男老师女老师？我说女老师（这个是真的）。妈妈说她讲得好吗？我说没有我们隋老师讲得好（这个也是真的）。

隋老师是我小学班主任，而且从一年级教到五年级。更强悍的是，她同时教我们语文和数学，所以我说到隋老师的时候，前面一定有个定语，我们。我们隋老师。我这辈子，只有这一个老师可以这样说。

一句谎话出来后，不得不跟出一串谎话。好在妈妈没再追问。但我很心虚。为了掩饰自己的不自然，我要赵小珍放学后陪我回家。因为我知道妈妈见到赵小珍,就顾不上责备我了。

赵小珍很乐意。赵小珍第一次去我们家的时候,我妈就对她表现出了无限的疼爱。因为赵小珍是孤儿,没有爸爸妈妈,家里只有个奶奶,当地人叫婆婆。本来妈妈一直觉得我们母女三人孤苦伶仃的,赵小珍的出现,让她觉得自己算不上可怜。

老实说,赵小珍告诉我她是孤儿的时候,我当即被惊到了。这是我第一次见到真的孤儿,以前只在书上看到过,比如《三毛流浪记》里的三毛。但我立即觉得,孤儿就应该是她这个样子,瘦小,脸色发白,头发乱蓬蓬的。

我像献宝一样把她介绍给妈妈:妈,她是孤儿!

妈妈当时眼圈儿就红了,菩萨心肠立显。我们家拿不出糖果零食,她就把一个馒头切成片,烤得焦黄,撒了点儿白糖,给我们俩当零嘴吃。走的时候还给了她一个馒头,让她带给婆婆。

我问赵小珍,你爸爸妈妈去哪儿了?赵小珍说,死了。我说,那你想他们吗?她说,我不记得他们了。我又问,你婆婆对你好吗?她说,好得很,从来不骂我。

我莫名其妙地有点儿羡慕她,我就没有奶奶,也没有爷爷,也没有外公外婆。小时候我们家的邻居莉莉有个姥姥(外婆),她妈妈一打她,姥姥就出来拦着,张开胳膊把她藏在背后。姥姥还经常从围裙里摸出花生给她，而且总也摸不完，好像围裙里种了花生。可是我就没有。我还没出生，爷爷奶奶外公外婆，全都不在了。那我算什么？"孤孙"吗？

我拉住赵小珍的手说，以后你经常来我们家吧。

此后赵小珍上学时，就绕道来叫我。她在楼下一喊，我就扑爬跟斗地冲下去，和她相视一笑，然后手拉手一起爬台阶去山顶的学校。我在小城最初的快乐，竟然是一个孤儿给我的。台阶两旁的山坡上有很多树，松树居多，还有桉树、樟树、杉树、枫树，和一些我叫不出来名字的树。在此之前，我只认识杨柳槐。

我还在那个坡上第一次见到了棕榈树。赵小珍指着扇形的叶子说，你晓得不，蒲扇就是用这个叶子做的。我表示怀疑：这个叶片像手指一样张开，怎么扇扇子啊？赵小珍说，你不晓得，到了夏天最热的那个晚上，那些叶子就会一下子并拢，长在一起，严丝合缝的，就可以摘下来做扇子了。这下我信了，深信不疑。她又强调说，并拢的时候必须马上摘下来，不然天一亮它们又分开了。我感觉好有意思，有点儿像神话，回去后马上讲给母亲听。母亲笑笑说，瞎扯。

但赵小珍告诉我的大部分知识是靠谱的，比如桉树的叶子煮水洗脚可以治病；皂角树结的皂荚可以洗头；构树的嫩叶子可以喂兔子。叶子上有竖条的草叫车前子,煮水喝可以清热解毒。她婆婆牙疼就喝那个水。后来我妈牙疼,我就去采了车前子煮水给她喝,妈妈看着一碗黑乎乎的汤水犹豫了一下,还是喝了。那时我们已经搬到单位宿舍,妈妈悄声跟邻居阿姨说,孩子的一片心意,就是有毒我也得喝呀。我无意中听到这话,吓了一跳,原来我还让我妈担了风险。当然这是后话。

我那个时候很愿意和赵小珍玩儿。她和我在大院里的伙伴儿不一样。瘦小的身躯里似乎藏着很大的能量,让我着迷。

4

一周后,我的故事就库存不足了,又没地方补货,这让我很焦虑。我讲的故事通常都很短,有时候一天要讲两个才能喂饱听众。尽管我努力添油加醋,也无法满足他们。他们总是说,再讲一个嘛,再讲一个嘛。我就好像歌星站在台上下不来,心里又喜又忧。

每天晚上我都躺在床上挖空心思地想,明天讲什么明天讲什么?我不能讲"小蝌蚪找妈妈""司马光砸缸"这么低幼的,也不能讲"三毛流浪记""神笔马良"这种人人皆知的。可是我连看过的电影《小兵张嘎》都讲过了。《高玉宝》里面的"半夜鸡叫"也讲了。真的是弹尽粮绝。我们的少年时代，既没有书可看，也没有玩具可玩儿，除了在操场上疯跑，连个跳绳都没有。我们只好玩儿自己，比如，对着书桌使劲儿挠头发，让头皮屑雪片一样洒落在书桌上，比赛谁的多。还比如，用嘴使劲儿在胳膊某处嘬，直到皮肤发紫，比赛哪个紫的面积大。如此，讲故事就是比较高级的课余活动了。问题是，我的阅读量，连半瓶水响叮当都够不着。面对嗷嗷待哺的听众，压力巨大。

有一天晚上我躺在床上，迷迷糊糊快睡着的时候，一个激灵，忽然想到了一个还没讲过的故事，兴奋得立即翻身起来，在房间里转圈儿。母亲说你这是干吗？要喝水还是要上厕所？姐姐说，她肯定是在梦游。我傻笑说，嘿嘿，我有一个好故事。

这个故事是父亲讲的，"皇帝长了猪耳朵"。现如今，关于皇帝长了猪耳朵的故事已经有好几个版本了，结局也不太一样。但我自认为我听到的"猪耳朵"最有意思。

从前有个皇帝，长了一对猪耳朵，每个给他理发的剃头匠一见到就会忍不住惊叫：啊，猪耳朵！为了保守秘密，不让天下人知道，皇帝就杀掉给他理发的剃头匠。但有一次，那个剃头匠理完头发后一声不吭，若无其事地打扫干净碎头发。皇帝问，你看到什么了吗？剃头匠说，碎头发。皇帝决定放过他，但还是警告说，你在这里看到的任何事都必须烂在肚子里，连老婆都不能说。如果你说出去就没命了，全家都会死。剃头匠说，我什么都没看到，什么也不会说的。

其实这个剃头匠看到猪耳朵了，但他属于反应慢半拍的，他在回家的路上忽然反应过来了，哦，皇帝长了一对猪耳朵。他越想越好笑，一路笑回家。但进门一看到老婆，赶紧把嘴巴抿得紧紧的，样子很奇怪。老婆说，你怎么了？他说没什么。可是，皇帝长了猪耳朵这件事，在他肚子里开始发酵，让他抓耳挠腮，坐立不安。憋了三天后他就急火攻心，牙疼，胃疼，浑身都出毛病了。终于有一天他忍无可忍，就在后院挖了一个大洞，可以把头埋进去那么大。等夜里全家人都睡了，他就趴到地下把头伸进洞里，大喊，皇帝长了猪耳朵！皇帝长了猪耳朵！皇帝长了猪耳朵！大喊三声之后，他的火就消了，第二天，身体恢复正常，也敢咧开嘴笑了。

我到现在都觉得这故事有意思。人是憋不住话的。憋话是会内伤的。果然，赵小珍他们听了，也笑得很开心。走出教室还一起喊，皇帝长了猪耳朵。有个同学还说，我老汉儿是趴耳朵（方言，耳根软的意思），不是猪耳朵。

5

其实我还有个镇库之宝：《神鸟讲的故事》。那个故事之所以一直没讲，是因为我担心把自己讲哭。我听的时候是哭了的，那是我第一次因为听故事掉眼泪。我很不好意思，假装摸鼻子，顺便用一根手指把泪水抹掉，那种有点儿悲伤又有点儿愉悦的感受，我至今还记得。

我赖了两天没讲，我说自己肚子疼。赵小珍以牙还牙，笑嘻嘻地说，你讲完故事就不疼了撒，跟剃头匠一样，你不能憋着撒。

这个《神鸟讲的故事》，我竟然忘了是从哪里听来的，只记得听故事的心情。实在不应该，就好像读到一个好小说，只记得小说，忘了作家。我确定不是语文课本里的，我们那时候的课本没有神话。如今的小学课本里已经有了。但我看了一下，和我听到的有很大差异。

从前，有一只聪明伶俐会说话的神鸟……那个时候讲故事一定会有"从前"，要么就是"很久很久以前……"。这是标配。我曾猜测过，为什么人们只讲很久以前的故事呢？得出的结论是，大家都不知道从前的样子，比较好编。

被逼无奈，我又坐进"城堡"中，讲从前。让我感到安慰的是，有个同学竟给我带来个毛桃，作为我讲故事的奖励。毛桃乒乓球那么大，绿绿的，一口咬下去酸倒牙齿，但毕竟是水果，我离开大院后就没吃过水果了。

听故事的人又增加了，赵小珍不得不把"城堡"开个口子，让几个新粉丝坐在桌子上听。看到大家一双双饥渴的眼睛，我真想把自己整个人都变成故事给他们。

我原打算把这个故事分成三天讲，神鸟刚好讲了三个故事。我也想节约存货，拖延时间。可是他们听完第一个故事后坚决不走，一个劲儿央求我接着讲。听完第二个又继续央求。我做出为难的样子说，回家太晚，我妈妈要骂我的。他们还是不管不顾地说求你了求你了。我就一口气把三个故事全讲了。

其实他们不知道，故事讲一半，听故事的人难受，讲故事的人更难受。更何况这个故事，就是有一种让人非要讲完的魔力，人一次次地辜负动物，让动物一次次地发生悲剧，谁听了能不叹气。

我讲完以后，赵小珍也眼圈儿发红，她用小脏手拨拉了一下刘海，顺带抹了眼窝。这个故事不好，太难受了。她说。我说我喜欢。让人难受才是好故事。想来那是我第一次表达对故事的看法。

晚上回到家，我毫无悬念地挨了骂。实在是太晚了，天都黑了，我不敢再甩锅到老师头上，只好如实说，我在给同学讲故事。妈妈说，讲故事？你可真有闲心。你知不知道什么叫坐立不安？什么叫望眼欲穿？什么叫心急如焚？我茫然地看着她。我第一次听到这些词儿，也是第一次知道妈妈嘴里居然能说出这么多四个字的词儿。

不管母亲怎么训斥，我也没觉得委屈，讲完故事后获得的满足感，足以抵挡耳边传来的怒吼。虽然赵小珍说，这个故事不好，太让人难受了。但我觉得她说的是反话，她一定是喜欢的。

我唯一担心的是，明天真的没有故事可讲了。可是我不愿意承认我没有故事可讲了，同学们总认为我肚子里的故事是无穷无尽的，他们是因为这个才簇拥在我身边的。无论如何，我必须维护这个来之不易的局面。

我打算再次提出去赵小珍家玩儿，以便停工两天。我已经提出过好几次了，想去她家玩儿，每次都被她婉拒。"我们屋头一点儿都不好耍，黑黢黢的。""我们屋头啥子好吃的都没有。"她这样回答我。可是我并不是想吃什么，就是想看看她奶奶。再说我不相信她家里什么吃的都没有，我认为她奶奶应该能从围裙里拿出吃的来，像莉莉的姥姥那样。对我来说，奶奶是个神秘的存在。

6

下午一放学,我就急急地往厕所跑,不是拉肚子,是想摆脱讲故事。可是从厕所出来,还是被赵小珍拽回了教室,"城堡"已经垒好了。赵小珍说,你今天再讲一个,明天我们就出去耍。

危急关头,我脑子里灵光一闪,想到一个故事:"三兄弟分牛"。这个故事是父亲给我讲的,作为工程师的他,讲这个故事显然别有用心,是为了启发我的数学思维。于是我开始讲:从前有个老父亲,去世前,要把家里的 19 头牛分给三个儿子。他的分配方案是这样的:大儿子二分之一,二儿子四分之一,三儿子五分之一。那么,在不杀牛的情况下该怎么分?

我站起来说,你们先回去想想吧,明天我再讲答案。

听故事的同学很失望,赵小珍说,你这不是故事,是算术题。

我说,当然是故事。明天接着讲,后面可好听了。

大家无奈,只好散了。赵小珍说,今天这么早,我们去挖野菜吧。我婆婆喊我挖点儿灰灰菜回去。

这个建议深得我心。我喜欢挖野菜，赵小珍也一定知道我喜欢挖野菜，我跟她说过。小时候每年春天一到，还没脱掉棉衣，母亲就会递个篮子给我，里面还有一把剪刀，让我和小伙伴一起去挖荠菜。虽然挖回的寥寥无几，喜悦却是满满的。熬过了漫长的寒冷的冬天后，能在春天的田野里疯跑，和野花泥土滚在一起，真是最最快乐的事了。估计母亲也没打算吃我挖的荠菜。"春天疯一疯，好长个子。"她如此跟父亲说。

赵小珍似乎有备而来，书包里塞了两个围裙，我们一人系上一个，再把下摆兜上来，挖了野菜就装进去。她还带了两把小刀，我告诉她剪刀更好用，她说她家只有一把，婆婆不让拿。我们俩跑到每天上学下学都要路过的山坡上，那里草木很深，郁郁葱葱，好像藏着另一个世界。

毕竟五月了，很多野菜都开花了，清明草、蒲公英是黄色的小花，荠菜、灰灰菜是白色的小花。我发现但凡能吃的野菜，极少开红花。我们有一搭无一搭地寻找着，主要是找灰灰菜。我的野菜知识，都是在赵小珍的指导下获得的，起码有七八种了，以前我只认识荠菜和蒲公英。我一眼看到一片挤挤挨挨的灰灰菜，就扑了过去。小时候的快乐马上回来了。

这时，赵小珍忽然开口说：你晓不晓得，我妈和老汉儿其实没有死，他们藏在一个地方。

她说这话时,轻描淡写的,丝毫没有要惊吓我的意思。而我,也跟那个反应迟缓的剃头匠一样,没有发出尖叫,回过头,很淡然地问了一句,藏在哪里呢?

她站起身,指着山下我们家那栋灰楼说,就在那儿。我问,是我们家住的那个楼吗?哪个房间?她摇头,不在楼里,在地底下。

惊恐渐渐浮上心头,我也站起来,望着坡下。我不担心母亲会看到我,她说"望眼欲穿"也就是形容,我们的窗户朝北。我担心的是赵小珍的父母。难怪夜里有时候,很安静的时候,我会听到楼下有动静,咣当一声,或者刺啦一声,难道他们经常跑出来?

忽然,我想起夜晚那个叫声:"格老子,第二回了!第二回了!"难道是她爸爸在喊?难道她爸爸每天晚上都要钻出来贴着墙根走?恰好被我们泼了水?

天忽然暗下来,像是被吓着了似的。我抬头,不知何时天空已乌云密布。不是那种简单明了的乌云,是变幻多端的有城府的乌云,深灰与浅灰纠缠,明明与暗暗穿插。乌云也和赵小珍一样,一副很有故事的样子。到现在,我一看到这样的天空仍会想起赵小珍,想起当时的情景。

因为害怕,我开始质疑她,我说,不可能,你骗人。她说，绝对不骗你，他们真的是在地底下藏起在。为什么要藏地底下？我继续质疑。她说，我婆婆说，有坏人要抓他们。我说，可是我们那个楼根本没有井（那时候我觉得一定有个井才能通到地底下）。她诡异地笑了笑：你又看不到诶，只有我才看得到。

赵小珍的笑容让我真正害怕起来。那是我第一次对笑容感到害怕，那个笑容的意思是，我跟你说不清。或者，我有好多秘密的事，说出来吓死你。

风把枯草一样的头发吹拂到她脸上，她撩了一下，重新蹲下去挖野菜。回想起来，我们那一代的孩子，头发多是枯黄的，缺乏营养所致。到了夏天，孩子们亮出来的腿极少有笔直的，多数是"O"形的或者麻秆一样细细的，仿佛一敲就会断。现如今，笔直的健壮的小腿随处可见，黑亮的头发也随处可见。

我也重新蹲下去，蹲到她身边，却没了挖野菜的心情。我心里很慌乱，还有些痒痒难耐。恐惧和好奇交织在一起，让我迫切地想知道"后来呢"。

我央求说，他们真的藏在地底下？你给我讲讲嘛。

她说，讲了你也不信。

我连忙说我信我信。我体会到了她求我讲故事的心情，于是我许诺,如果她告诉我全部,我会找姐姐借书看,然后讲给她听,书里的故事很多,讲不完的。

她想了一会儿说好嘛,我告诉你,你不准跟别人说,你发誓,哪个都不说。你妈妈你姐姐都不能说。

我当然发誓,我还举了拳头。我发誓,我向毛主席保证。

7

到现在我也无法判断,赵小珍是早就想好了要给我讲这个故事,还是临时决定讲的。总之就在那个阴云密布的下午,她给我讲了一个让我心惊肉跳的故事。但她的故事不是一口气讲出来的,是在我的询问中完成的,就好像我们做了一次访谈。

她先是慢条斯理地问我:你们家楼后面,不是岩石吗?在她的方言里,岩说成捱,捱石。

我脑子里立即浮现出了楼后面那片石壁,长满了绿绿的青苔,还有从缝隙里冒出的花草。小城的很多房子,就是把山坡削成一个"L"形建的,房子一面靠岩石,一面朝坡下。楼和石壁之间就一米多宽,所以一楼的房间通常很暗。我曾到楼后看过,那里扔着一些坏了的桌椅板凳和垃圾。老实说,我曾试图在其中找到一些玩具或者文具,但除了差点儿滑到,什么也没发现。

那里什么都没有，我去过的。我这么说，心里却没底。难道那些破桌椅下面藏着一个洞？不可能，绝对不可能。

我略带嘲讽地说，未必你从石头缝钻进去？

她说，切，怎么可能嘛。我肯定有高级办法撒。

"高级"是我们那个时候的顶级形容词，"高级饼干高级糖，高级老头上茅房……"这就是我们的儿歌。我又想了一下，那片岩石很大，边边角角也用水泥砌成墙了，不可能有洞口。你在哄我。我用方言激她。哄就是骗的意思。她的口头禅是，哄你是龟儿子！

哄你是龟儿子！她果然这么说。

她再次站起来，指着坡下说：我跟你说，我只要走到个"捱石"，"捱"中间就会撕拉一下裂开一道口子，里面就会射出一道很亮很亮的光，亮到刺眼睛，比一百瓦的灯泡还要亮。我闭上眼睛，往前一跨，那个光就把我吸进去了，吸到地底下，一分钟都不要。

我完全没想到，有点儿被惊到了。后来呢？我傻傻地问。

后来嘛，我一睁开眼，就已经在地底下了撒。

我的心咚咚咚地跳，第一次心如鹿撞就是在那个时候。我继续问：地底下是啥子样子呢？

她又蹲下去了，挖出一棵灰灰菜，拿起在手上转了一圈儿，然后丢进围裙，不慌不忙地，好像告诉我，她的主要工作依然是挖野菜，不是讲故事。

为了听故事，我开始顺着她说：那你下去后见到你爸爸妈妈了吧？你给他们送饭了吗？

她说，你好好笑哦，他们才不要我送饭，他们有好多好多吃的，简直吃不完，天天都是大米饭回锅肉，还有腊肉香肠，还有鸡蛋。还有米花糖、江米条、花生粘，还有西瓜，还有汽水，到处摆起，随便拿。而且他们都穿灯草绒，衣服裤子都是灯草绒。他们过的就是共产主义生活，你晓得不？就是我们老师说的，按需分配，需要啥子就拿啥子，不要钱。

这一部分她讲得非常流畅，还咽了下口水。

我很难想象天天吃大米饭回锅肉是什么感觉。不过我觉得最好吃的应该是红烧肉。我们已经很久没吃了。现在妈妈买半斤肉回来，切成肉丝，用酱油炒好放在那儿，每次炒菜时放一点点进去，半斤肉要吃好几天。

那他们晚上在哪儿睡觉呢？我被一堆吃的给闷住了，问了一个不太有质量的问题。她说，他们不睡觉，一天到黑就是耍，耍安逸了。打扑克，听收音机，看电影，嗯，还讲故事，他们有个故事大王，故事永远都讲不完的。那他们什么时候上来呢？我又问，其实是想落实那个夜晚喊叫声的出处。她又一次不屑地"喊"了一声：他们才不上来，下头那么好。

我稍稍安心，还想再问，她打断我说，要下雨了，赶快回去。

果然有雨点打在头上。我们往回走，没走台阶，直接从土坡跌跌撞撞地往下跑。坡不算陡，不到四十五度吧，对我们这样的丫头来说，真不算个事。跑到灰楼跟前她没有停，继续要往大路跑。

我一把拉住她，你不要走嘛，带我去看看。

我必须把她带到那个"捱石"去，让她证实她故事的真假。如果不能证实，我今天晚上就别睡觉了。她拉了警报，就得解除警报。

她说不行，我婆婆在等我。

我还是拉着她不放。

她终于说，哎呀，你不要那么急撒。我们两个要那么好，我肯定要带你去撒。但今天不行。

我问，那什么时候？

她想了一下说，要到最热的时候。

我问，是放暑假的时候吗？

她说，反正就是最热最热，热到出不赢气的时候。对了，就是那个蒲扇叶子长拢的时候。

8

我肯定是没等到那个时候。

就在我为楼后那片石壁提心吊胆的时候，父亲回来了，他回来搬家。单位终于空出了宿舍。

父亲回来前，无法写信也无法打电话，所以很突然。那天晚上我们刚吃过饭，房门正好开着，猛见门口站着一个人，把我们母女三人都吓住了。我尤其吓得不轻，因为赵小珍说她父母就藏在地底下的阴影还没散去。一个多月不见，父亲又黑又瘦，胡子拉碴，完全像变了一个人。还是母亲最先认出了父亲，毕竟她认识父亲的时间比我们姐妹俩长多了。等我认出了父亲，大松一口气。

我们很快就搬走了，离开了那座灰楼。到我走，赵小珍也没兑现她的承诺："天还没热的嘛。"她总是这么说。再后来毕业了，整个暑假我都没见到赵小珍。我不知道她家在哪儿，她也不来找我，她明明知道我搬到哪儿去了。

夏天最热的时候，晚上扇扇子也睡不着的时候，我忽然想起赵小珍说的，热到出不赢气的时候，棕树叶子就会长拢。于是我一大早就跑回学校去了，直接跑到山坡上，一来想看看棕树叶子到底有没有长拢，二来希望能遇见赵小珍，说不定她会来采摘那个叶子做蒲扇呢。但是，我彻底落空了。棕树的叶子依然如故，大大张开手指，丝毫没有要留住风的意思。而赵小珍，我连她的模样都开始模糊了。

我汗流浃背地站在树下发呆，知了在林间声嘶力竭地叫着。我总觉得知了是天地间的传情者，所以每到酷暑，天和地就亲热地黏在一起，把人也黏进去了，出不赢气。我慢吞吞地下坡，终于接受了一个事实：赵小珍给我讲的那个故事不是真的，就像父亲给我编的那些故事一样。可是，我真希望她接着讲下去。我想听。

再后来我进了初中，赵小珍没能继续成为我同学。

我向班上那些曾经是小学同学的同学打听，他们说，赵小珍的婆婆去世了，她被接走了。接到哪儿去了？无人知晓。

我最后一次来到灰楼。没想到灰楼里竟然住上人了，而且还不少。楼下有一群孩子在玩儿，滑滑梯跷跷板也擦干净了。灰楼就像是变了个样子。楼后面的岩石下，垃圾全部清理走了，看上去一点儿秘密也没有。

我和赵小珍就此别过，至今未见。

第二章:江边少年

1

上初中后，我发现我们班有很多船工的孩子。

我们那个小城，和我童年时生活的华北平原大不同，是依江而建的，小山城。江是大江，江上船来船往，是小城通向外界的重要枢纽。船工们的家，在江边一个山坡上，几排整齐的平砖房自下而上。据说是新中国成立后政府为了让船工上岸而建的。之前的船工和家人都生活在船上，孩子们也不上学。

我去过那里，不是去玩儿，是去送成绩单。我进初中就当了班长，期末考试结束，成绩出来，考得不好的学生总是把成绩单撕了。班主任于是要我挨家去送，主要送后十名同学的。其中有几个，就住在坡上那些平房里。

我的同桌刘大船家也在那儿，他的脸庞黑黑的，鼻头圆圆的，一点儿不帅，而且一到冬天就鼻涕不断。每每鼻涕快要流到嘴边，他就抬起胳膊一抹，他的右胳膊袖口，被鼻涕层层涂抹已然发亮。

我们那个教室，一到冬天真冷得不行，没有任何取暖设施。一节课坐下来，我脚都冻得发疼。所以冬天我也流鼻涕，也有流到嘴边的时候。好像那个时候不流鼻涕的孩子很少，上课时经常会听到吸鼻涕的声音。有的女生讲卫生，就扯作业本下来擦。但作业本的纸又硬又脆，需要使劲儿搓揉一番才能用。还好我有手绢，虽然手绢也会被鼻涕包浆，变得发硬，但我藏在口袋里别人看不见。等手绢僵硬到无法使用的时候，我才下决心洗。先在水里浸泡一会儿，搓揉一会儿，变软了，再打肥皂。洗干净后，很仔细地把四个角拉平，晾干。我有两块手绢，是攒零花钱买的。零花钱是自己挣的，比如挑五十斤煤球，妈妈会给我一毛钱。比如卖一个牙膏皮，可以挣两分。

班主任靳老师让我和刘大船同桌，是希望我帮助他，那时候叫"一对一，一对红"。可是我连看都不想看他，更别提帮他了。谁和他一对红呀，他那么黑。他也不指望我帮他，他一上课就睡觉。不过我瞧不起他，不是因为他流鼻涕和睡觉（我自己也是个又黄又瘦的丑丫头），而是另一件糗事：一开学学校打预防针（我记得叫"百白破"，百日咳、白喉、破伤风）。轮到我们班时，他撒腿就跑，靳老师满操场追他，把他揪回教室，他一直发出瘆人的号叫，挥胳膊蹬腿的。后来是体育老师死死按住他，才把针打了。啧啧，亏他长那么高那么壮。

我打针的时候，不但主动卷起袖子伸出胳膊，我还敢盯着医生把针扎进胳膊里，有什么大不了的。

我回家跟妈妈吐槽，感觉自己这个同桌太糟糕了，自己真倒霉，要天天挨着这么个人。

妈妈说，他总会有点儿优点吧？

我说，他哪有优点啊？不交作业，不讲卫生，经常说脏话，还——还那么胆小。

妈妈口气变严厉了：你不要用这种口气说同学！你要谦虚点儿。我说过多少次了，咱们家的孩子，要夹着尾巴做人。

好吧。我闭嘴了。

妈妈又说，你要努力找到他的优点。我就不信，那么小个孩子，还能坏到哪儿去。

妈妈不生气的时候，很会讲道理（生气的时候蛮不讲理）。我想了一下，他对我还算客气，就是说，他不惹我。我曾看见他打我们班一个男生，还抢低年级男孩的玻璃球，还拿石子儿扔路灯。他个子高，年龄也比我大。他要欺负我很容易的。没欺负我，算个优点吧。

那天我送成绩单去他家的时候，他家门开着，里面黑乎乎的，我正想问有人吗，刘大船就端着一盆衣服出来了，我大吃一惊，他竟然要洗衣服，这和他怕打针一样让我吃惊。他后面跟着个阿姨，显然是他妈妈。我叫了声阿姨，然后说我是刘大船的同学，老师让我来送成绩单。阿姨擦擦手，接过成绩单，看了一眼眉头就皱起来说，怎么这么少的分？怎么还有零分？

刘大船不吭声，放下盆子，拿抹布擦晾衣绳，好像和他无关一样。阿姨问我，小妹儿你考了多少？当地人都把小姑娘叫作小妹儿。我就拿出了我的成绩单。阿姨看了一眼，冲着刘大船说，你怎么比人家差那么多？都是一个老师教的！刘大船狠狠瞪我一眼，吓得我赶紧从阿姨手上拿过成绩单，飞也似的跑开。

第二天开大会，是散学典礼。我看到刘大船，做好了被他训斥的准备，可他像没事人儿一样，依旧在队伍里打打闹闹。坐下来后，我小心翼翼地、又有些期待地问他，你妈打你了吗？他说，打啥子打？她敢！为什么不敢？我很好奇。他说，我比她强多了，她连加法都不会做，她连自己的名字都不会写。我说，那你爸呢？他说，我老汉儿在水上，晓得个屁。

他管爸叫老汉儿，而且永远都是这句话：我老汉儿在水上。后来我读《水浒》，读到那个"水上漂"张顺，就会想起他老汉儿。不过我无法想象他老汉儿是个"浪里白条"，应该是"浪里黑条"才是。期末老师在班上念还没交学费的同学的名单时，总有他。"我老汉儿在水上。"他总是这样解释不交学费的原因，似乎理直气壮。我不明白，他老汉不回家吗？还有，在水上不挣钱吗？为什么连学费都不给他？如果老师再追问下去，他就会说，烦屁得很。这是他的口头禅。

其实那个时候的学费，一个学期就三元七角五，我记得很清楚。因为我母亲总会提前把父亲寄来的生活费，拿出七块五放在一个信封里。等开学的时候就拿出来给我和姐姐。我姐姐读初三。母亲生怕一不留神花掉了。作为一个文化人，她觉得交不出学费是很难堪的，尽管我们家日子过得也很紧巴。

2

春天，新学期开始了。

开学第一天，刘大船看到我就笑嘻嘻地说，我妈生你的气了。

我莫名其妙，怎么可能？他肯定是故意找话跟我说。

刘大船接着说，我妈说你在菜市场看到她不打招呼，傲气得很。

菜市场？我确实经常去，背个背篓，按妈妈的要求买几样蔬菜。至于肉什么的，只能在国营肉店凭票购买。那个菜市场在江边，从我们学校旁边一个台阶走下去就到了。其实也没摊位，一个个背着背篓或挑着竹筐的农民，沿江一溜烟铺开，卖完就走。菜都非常新鲜，裹着江边的雾气，湿漉漉的。

我通常就是买一把藤藤菜。偶尔买点辣椒西红柿。后者属于细菜，我们不常吃。说来我们家刚到小城时，是不吃藤藤菜的。因为我妈说那个菜长在水里，水里有粪泡着。那个地区肝炎多发就是这个原因。可是第二年她就坚持不住了，因为藤藤菜是小城的主打菜，又多又便宜，一大把藤藤菜一毛钱，比辣椒西红柿茄子便宜多了。加上左邻右舍的阿姨，成天交流炒藤藤菜的经验。比如先把豆瓣大蒜炒香，再入藤藤菜，大火，几铲子就起锅，绿绿的，脆脆的，又辣，很下饭。于是我们家也开始吃藤藤菜了。唯一的措施，就是底下秆子掐掉比较多。

回想起来，我买菜的时候，的确有个女人朝我笑来着，我觉得我不认识她，还以为是冲别人笑，瞥她一眼，就转身走了。原来是刘大船的妈妈。我怎么一点儿印象也没有呢？

我感觉理亏，就跟刘大船解释说，我不是故意的，我没认出阿姨。刘大船说，没得啥子，我跟她说了的，人家哪个记得到你嘛，就见过一回。不要那么小气撒。

我有点儿感激他帮我说话。其实我就是记不住人的样子，这是老毛病了。有一次放学，对面走来个男人，我们班陈淑芬拽着我就跑。我问她怎么了，她说那是校长啊。可我完全不认识。

下午数学测验，题很简单，老师就是想看看我们一个假期过去，有没有把上学期的东西都忘光。可是刘大船在旁边扭来扭去的，好像屁股底下有东西似的。卷子摊在桌上，不着一字。

我说你别老动行吗？他小声说，那你给我抄一下。我想了一下，就把做好的那边卷子朝他移过去。他终于安静下来，开始抄。放学后他说，其实我根本不懂，也不想学，我就是见不得我妈哭。我一考不及格她就哭。烦屍得很。

我说，没有多难，你好好听课就能会。他说，反正我毕业了也是上我老汉儿船上去跑运输，学那么多有啥子用嘛。我无话可说了，因为我也不知道学那么多有啥用。我也只是为了让我妈高兴。

老实说，除了考高分，我没什么能让我妈高兴的事。我妈总皱着眉头，还动不动就骂我。我不自觉地讲出来。

刘大船很惊讶，你妈还要骂你？你那么乖的。

我说，要骂。她生气了就乱骂。昨天她感冒了，躺在床上一直咳嗽，痰就吐在床边的地下。我放学回家扫地，看到痰就绕开了，我是想去找煤灰盖住痰再扫。哪晓得我妈就生气了，骂我嫌弃她，说养我有什么用？还不如养条狗，养狗还能摇尾巴。我不敢回嘴，铲了一撮箕煤灰盖住痰迹上，再扫掉。

刘大船说，格老子你妈妈好霸道，比我妈还霸道。

我说，你不懂，我妈妈被欺负过，现在没工作了，她心里很恼火。

那你们家就是因为被欺负了才来我们这儿的吗？他问。

我没回答，我说不清楚。我只知道妈妈当了右派，但这个事不能告诉他，不能告诉任何人。我们家搬到这个小城，对我来说最大的好处就是没人知道我们家以前的事了。如果知道了，我不可能当班长。

你老汉儿呢？他又问。

我摇摇头，嗓子忽然堵得慌，感觉一开口就会哭出来。爸爸在大山里修铁路，一年半载才回家一次。妈妈总是皱着眉头，很少对我笑。虽然我在刘大船面前帮她辩护，心里还是觉得很委屈。我低着头往前走，不再说话。

刘大船走在我旁边，时而在前，时而在后。他的裤脚短了一大截，露出没穿袜子的脚脖子。脚脖子都皴了。如果是我妈，一定会找布头接上一截的。我妈很会想办法。我衬衣的两个胳膊磨破了，她就剪掉改成短袖。裤子的膝盖磨破了，她就用缝纫机踩两个圈儿。虽然我很不喜欢穿补过的裤子，但也比破的好啊。小时候我总捡我姐的衣服裤子穿，现在我个子和姐姐一样高了，捡不成了。我妈只好做两件，对她来说也是太难了。

校门口那棵香樟树，长出新叶了。老叶子中间冒出点点绿色，好像鸟窝里的小鸟探出了毛茸茸的头。有一簇新叶从树干上一个疙瘩里冒出来，淡红色的叶子，亮亮的，亭亭玉立。我暗想，土地爷大概就在这棵树下吧，所以老是举着伞，夏天遮太阳，冬天遮雨。

我心情好起来，我说，你看那个叶子，比花还好看。刘大船抬头看了一眼，突然跨栏似的一个起跳，拽下那簇树叶跑过来递给我。我大惊，你干吗搞破坏？他说，你不是喜欢吗？我说，可是，可是，这样它会死的。刘大船说，我还没见过喜欢树叶的女娃子。我说，你不喜欢吗？他想了一下说，我喜欢槐树，槐树开花的时候可以采下来，和起面粉蒸起吃，好吃得很。他怎么什么事儿都能想到吃啊，我有点儿扫兴，不再说话。

我把那簇新叶子带回家，用牙刷缸装了点儿水插进去。第二天还是耷拉了。

3

从那以后，我们之间的气氛比原来友好些了。虽然还是不说话，但做测验的时候，我会很默契地把卷子往他那边靠。反正老师说了，要我帮助他。

其实他也帮助我。那个时候我们用的钢笔是吸墨水的。每天上学前我都要吸得满满的，怕不够用。但也有忘的时候，我就找他要。刘大船很少动笔，墨水用不完，我也不说话，把笔帽拧开递给他，他马上就明白了，拧开自己的笔筒，挤几滴给我。

不过他的墨水不太好，我回家就得洗笔管。我们家是英雄牌的，两毛钱一瓶，他的不知是什么牌子，会在笔胆里结块。

有一天下午我进教室，发现刘大船已经到了，他很少这么早来，独自一人坐在教室里，低着头。见我来了，他马上拧开笔帽递给我。我说，我中午刚吸了墨水，还有呢。他说，不是，你能不能给我点儿?

我很吃惊。他不好意思地抬起脚给我看。原来，他的短裤腿下面接了一截布。但裤子是深蓝色的，接上那截是灰色的，很打眼。他想用墨水涂抹，大概只涂抹了一小点儿，墨水就没了。

我不愿意给他，我说我全部给你你也不够，下午还要上课呢。

刘大船生气了。他有理由生气。但我还是不愿意给他。下午两节都是语文课，是我最喜欢的课，我要记笔记，我要抄老师说的好句子。

我们语文老师姓姜。梳着直短发，戴着黑边眼镜，跟我在书上看到的老师的画像一模一样。她踩着铃声走进教室，教室里依然嗡嗡一片，除了少数几个女生安静下来外，其余的都还在说笑打闹。好像没听到铃声，也没看到老师。姜老师只好叫王跃红的名字：王跃红，你起来领大家唱个歌。

王跃红是我们班文娱委员，个子虽然矮，但脸盘长得很好看，眼睛很大，不是双眼皮，而是好几层眼皮，她唱歌也好听。但她却有个很恶心的绰号，叫癞疙宝。因为她从来不主动带我们唱歌，每次都要老师说了才站起来。于是男生就在班上喊：癞疙宝，戳一下，跳一下。

每次男生这么喊，我都埋下头假装没听见。我不敢制止，我心虚。因为同为班干部，我也从来没有"积极主动地开展工作"，也是老师叫一下我动一下。我生怕哪天一个恶心绰号落到我头上。

还好王跃红是个大咧咧的人，她满不在乎，依旧是老师叫她她才领大家唱歌。

王跃红站起来，起了个头："红星闪闪——预备唱！"

我们就唱《红星闪闪》："红星闪闪放光彩，红星灿灿暖胸怀……"七高八低的，唱到后半段已经乱了。但好歹唱完以后，教室有了短暂的安静，姜老师赶紧说，上课！我赶紧说，起立！大家稀里哗啦坐下后，姜老师说，请同学们翻到第九课……

一阵翻书声后，嗡嗡嗡的声音又开始了。

姜老师在黑板上写下题目，转过身来，皱了皱眉，然后盯着我，不管不顾地开始讲课了。我也努力不管不顾地，看着姜老师。

刘大船讲话的声音特别大，还几次离开座位，跑到别的同学那儿聊天。他是故意的。我只好不去理他，一个劲儿在本子上写字，表示我的墨水对我很重要。

第二天上学，我多拿了一支钢笔，那支笔的笔尖劈了，不能写字了，但还可以灌墨水。我坐下后拿出来给刘大船：喂，这里面的墨水全都给你吧。刘大船看都不看就说：用不着。

我就低头去看他的裤脚，新接的那截布变成黑乎乎的了，虽然和上面还有差别,但不显眼了。我很好奇:你怎么弄黑的?他说,简单得很。语气里有些得意,好像已经不生气了。

4

天气渐渐热起来,这个小城有点儿像座小火炉。我穿着妈妈剪掉长袖改成的短袖,还是觉得身上黏糊糊的。教室里没有电风扇,窗户和门都开着,依然有一股汗臭。我们的教室,可真是冬凉夏暖啊。

刘大船更是个出汗大王,每天都汗流浃背的,脑袋上经常蒸腾着热气,头发湿漉漉的,跟在水管下冲过一样。因为穿着汗衫,他没有袖子可以擦脸了,就撩起衣襟擦。有时候索性把汗衫脱下来,擦擦脑袋,擦擦身子,擦完再穿上。身上那个味儿就别提了。

汗臭也是很熏人的,我强忍着才没捂鼻子。因为从小被父母教导,不能嫌弃劳动人民。比如看到掏粪工人掏粪不能捂鼻子。那是不尊重他们的表现,会伤害掏粪工人。他们是为了我们才每天和大粪打交道的。如此,我连臭大粪都不捂鼻子,何况汗臭?不过我还是会下意识地皱眉头,下意识地把椅子朝过道靠。我宁可他流鼻涕,也不希望被汗臭熏。

下午是"农基"课，全称就是农业基础知识，其实就是一些和农村有关的化学知识，比如沼气原理啥的。另一门"工基"，工业基础知识，就是讲一些和农村有关的物理知识，比如拖拉机的原理和维修，抽水机的原理和维修，等等。大概是希望我们以后去农村当知青时，可以顶点儿用。

可我们这些熊孩子，哪里会有那种自觉性，根本不想学。这两门课又不考试。所以基本上是睡觉课，尤其是放在下午。如果不是因为教这两门课的是我们班主任，估计情况还要糟。因为是班主任靳老师的课，同学们多少有些畏惧，不敢太过分。

靳老师进来了，头都不抬就喊了声上课。我也微弱地喊了声"起立"。有一半的人没站起来，站起来的也都闭着眼。靳老师依然不抬头，喊了"坐下"。他放下手里的教具，这才抬眼看教室，而且是很认真地一个个地看过去。也许同学们酣睡的模样，在他看来还是蛮可爱吧。我知道靳老师的原则，睡觉可以，不吵闹就行。

睡觉的人数剧增，我前后左右都是熟睡后的鼻息声，连女生也如此。一直到很多年以后，我才知道天热犯困是正常的生理现象。其实我挺羡慕他们的，我也脑袋发沉，想搁到书桌上闭会儿眼。可是我必须撑着，我是班长。几乎每个老师上课，都会盯着我讲。

很奇怪的是，刘大船没睡。往常这个时候，他早就进入深睡状态了，亮晶晶的哈喇子从嘴角缓缓淌下来。今天却精神十足，头还转来转去的，好像很着急似的。

我低声问，你干吗老动？有急事？

他克制不住喜悦地说，我老汉儿回来了，我放了学要去接他。

我不信！我脱口而出，也不知道为什么要这么说。接着我又加了句，你骗人。也许这么长时间，总听他说老汉儿在水上，跟鱼一样，鱼怎么能上岸呢？

他说，向毛主席保证。

第二天一上学，刘大船就拿出了"证据"：他先是去找靳老师交了上学期和这学期的学费，然后又找学习委员交了作业。

前一件事他颇有些高调，大声地说，我们老汉儿喊我把两个学期的学费都交了！后一件事就有点儿偷偷摸摸了。他只是把本子往学习委员秦向前的桌子上一摆。哪知秦向前完全不理解他的心情，很大声地说：耶，太阳从西边出来了，你也交作业了嗦。

刘大船恨了他一眼，无奈地解释说：莫法，我们老汉儿昨天黑夜一直守到我做，做到半夜才让我睡瞌睡。

如此，我确信"水上漂"真的回家了。

看刘大船神采飞扬的样子，我也有点儿想我的"老汉儿"了。听妈妈说爸爸可能会在七八月份休假，那正是我们放暑假的时候。

5

天热以后，刘大船下午经常迟到。一看他脸上的席子印，就知道他睡过头了。他妈妈不喊他吗？我偶尔睡过头，甚至梦魇，妈妈会推醒我，我一个激灵，顾不上洗脸就往学校跑。

有一天刘大船走进教室，全班哗然，原来他剃了光头，铮亮。有几个男生立即跑去关教室的灯，大喊，大灯泡来了！一百瓦来了！可以节约用电了！刘大船嘿嘿地笑，反复摸着自己的光脑袋，估计他也不习惯。

我觉得太好笑了，怎么头发没了，脑袋像变形了似的，像颗大鸭蛋。我不敢看他，怕自己忍不住会笑。

不过剃了光头，他的汗味儿没那么浓了。我还是高兴。

剃了光头后他还有个变化，迟到更多了，甚至旷课。有一回他连续两个下午旷课，作为班长，我不得不过问。

"你昨天下午怎么又旷课？"他嘿嘿一笑：太热了，我去河里游水了，搞不赢回来。我说，啊，你下河？校长说了不准下河游泳！他满不在乎地说，这有啥子嘛，我一生下来就被我们老汉儿丢到水里头了。有啥子嘛。

我皱皱眉，想不好要不要告诉老师。几乎每年夏天，我们这个小城都会发生一两起孩子下河被溺死的悲剧，去年夏天竟淹死了一对双胞胎，他们的妈妈哭得晕过去了。所以夏天一到，学校就三令五申，不准孩子下水游泳。还印在纸上，让学生带回家给家长看。可是对刘大船这样的孩子，基本是不起作用的。不让他下水就跟不让他吃饭一样。他们把下河称之为洗澡，每天必洗。

纠结一番后，我决定不告老师。第一，告了也没用，他肯定还会去的。第二，告状总不是一件好事吧。第三——最重要的是第三，我也很喜欢游泳，所以我能理解他。

小时候我和姐姐经常去父亲学校的游泳池游泳。妈妈准备了旧短裤旧背心，专门拿来让我们游泳穿。泳池四周都是杨树，知了在树上声嘶力竭地叫，我们在水里声嘶力竭地叫。无论天气多么炎热，我只要一进入水里，就开心得要命。虽然只会狗刨，但是胆子大，泳池那个三层高的跳台，我都敢爬上去跳。先跳三米的，再跳五米的，最后还跳了十米的。其姿态，就是两手贴着身子，闭着眼，扑通一声，直直落入水中，我们把这种跳法称为冰棍儿跳法。

来到小城后，我差不多就把游泳戒了。不完全是为了守规矩，也是因为长大了，河边没法换衣服，加上也没泳衣。我总不可能再穿着裤衩背心下水吧。

即使不能游泳，我也盼着暑假的到来。我认为暑假才是真正的假期，不但时间长，还可以穿裙子，可以逮知了，可以吃冰棍儿。相比，寒假就没太劲儿了。冷兮兮的，不敢在外面多待。

暑假终于到了，而且，爸爸终于回来了。

爸爸回家对我来说有三大好处，第一，可以不洗碗了。爸爸一到家就宣布，这个月的碗他包了。第二，伙食特别好。平时妈妈把肉票攒起来买了腊肉，挂在厨房黑乎乎的墙上，爸爸回来就取下来吃。爸爸也会带回一些罐头什么的。我们不再是每天吃藤藤菜了，要吃茄子辣椒。妈妈的红烧茄子是一绝，黑亮黑亮的。爸爸赞叹说，这茄子的光线真是太好了！第三，爸爸会给我们发零花钱，零花钱是以冰棍儿为单位计算的，冰棍儿四分钱一支，每天一支。就是说每天给我们四分钱，一个月就一块二。爸爸宣布，不买冰棍儿吃可以存起来。

爸爸的休假横跨七八两月，他就给我们发了两个月的零花钱。我咬紧牙关存下两块，用了四毛。其中两毛五买了一块新手绢,其他的,吃了两次冰棍儿,买了三袋无花果。说来,无花果那东西,我后来再也没见到过了。像火柴盒那么大一小袋,里面一粒一粒的像老鼠屎一样,酸酸甜甜的。每次我吃的时候,都会招来姐姐的鄙夷。可是我也只吃得起无花果呀。无花果两分钱一袋,总可以解解馋。

我存下一包,打算给陈淑芬。陈淑芬真够朋友,有一天忽然跑到我们家来,给了我一颗高粱饴。她说,给你,高粱台。我吃了人家的嘴软,没好意思纠正她那个字不读台,读饴。

那是我生平第一次吃高粱饴,感觉比粑粑糖和薄荷糖都好吃。

6

转眼就开学了。

一开学我就听到一个爆炸性新闻:刘大船当了英雄!

是陈淑芬第一个告诉我的,她说她假期遇到了王跃红,王跃红去学校参加唱歌培训,听靳老师说的。

原来,刘大船去江边游泳的时候,救了一个同学。那个男生不知是脚抽筋了还是怎么了,游着游着,忽然就沉下去了。刘大船一发现,马上就跳到水里去救他,把他救起来了。而且这个男生就是我们年级二班的宋强。

我听了很激动，没想到我的同桌居然成英雄了。

果然，在开学典礼上，校长大张旗鼓地讲这件事。校长说，我们学校出了一个少年英雄，一个活学活用毛主席著作的积极分子。我们每个同学，都要学习刘大船同学这种舍己救人的大无畏精神。

我们都去看刘大船，他嘿嘿嘿地笑，满脸通红。

校长肯定激动，你想如果不是刘大船，我们学校又要多一个亡人事故了。现在不但没亡人，还出了英雄。坏事变好事。

我从书包里拿出那袋无花果递给刘大船，我想陈淑芬一定不会有意见的。他居然摆摆手说，不要不要。耶，当了英雄还真的不一样了。

第二天放学后，靳老师叫我去办公室。

靳老师示意我在他旁边的椅子上坐下，那是另一个老师的椅子，我有点儿不敢坐。但靳老师像对待成年人那样说，你坐，你坐。我只好坐下。

靳老师说，有个重要任务交给你。学校马上要开展向刘大船学习的活动了，下个星期开大会，刘大船要在会上发言谈心得体会。他写不来作文，你知道的。你去帮助他完成这个任务。

我？我使劲儿摇头：我不行。

靳老师说，不要有畏难情绪。你先去问问他是怎么救人的，然后根据他说的情况写下来，你写好了我会改的。没事，就按你平时写作文那样写。

我还是摇头。后来觉得光摇头不行，得拿出意见来。我说，你让秦向前帮他写嘛。秦向前是学习委员，男生里学习最好的。

靳老师说，我是特意把这个任务交给你的，因为下学期我们班就要发展团员了。你是最有希望的，你学习好，但还得多关心集体，积极要求进步才行。

我没办法，只好答应下来。不是为了入团，是实在说不过靳老师。靳老师还拿了张报纸让我参考。报纸上有英雄人物杨水才的事迹，题目是《小车不倒只管推，一直推到共产主义》，一个整版。我看了一遍，人家是个农村的党支部书记，写的都是农村里的事，而且人家已经牺牲了。跟刘大船完全不一样。

我怎么写啊，假装自己是刘大船吗？

放学后，我跟刘大船去他家，让他给我讲讲当时救人的情况。想来，这是我生平第一次采访吧。他妈妈见到我笑容满面，但嘴上却说，这个瓜娃子，自己才好大嘛，就敢去救人，太危险了！

刘大船生气地吼了句：你不要乱说！

他妈妈就背个背篓出门去了。我坐在小凳子上，拿出本子，一本正经地说，请你谈谈救人的经过。

刘大船笑起来，你好搞笑哦。

我生气地说，我有什么办法嘛。

刘大船说，其实也没啥子好谈的。就是嘛，我刚从水里面起来穿好衣服，格老子就看到有个脑壳在一冒一冒的，然后就看到两只手朝头上举，我一下就晓得有人遭了！我就赶紧跑过去跳下水，游过去拉他。我想起我老汉儿说的，这种时候要从后头夹住他，不然他会把我也拉下水。还好，他没有乱整，我就把他拖到水边了。拖上来我才晓得他是二班的。

我说，完了？他说，完了。我说，就这么点儿内容不行，靳老师说至少要写一千字。

他摸了摸头发，那颗亮亮的光头已不复存在，一个假期就铺满了草。他说，哦还有，拖上来以后，我把他背到身上控水，我老汉儿说的，不把肚子里的水搞出来，还是要死人。我使劲儿颠，他就吐了，吐了好多，不光是水，还有好多喳喳哇哇的东西。后来嘛，有几个大人跑过来，把他弄到医院去了。我就回家了。

我赶紧记录下来。再问，那你跳下水之前，想的是什么？

他说，想啥子哦，啥子都没想。

我启发他：你没有想起邱少云黄继光董存瑞他们？

他哈哈大笑，说哪个都没想。

我说，那有没有想起毛主席的教导？

他不耐烦了：嘿，我给你说了我啥子都没想，人都要淹死了，还想那些。烦屎得很。

我一想也是，哪有时间想别的。我又问，那你救起来那个同学，感谢你没有？

他高兴地说，感谢了感谢了！当然感谢了！

我觉得他那么高兴，不是同学感谢了他，而是他终于又有一点儿可以告诉我的了。

"那天晚上，他妈妈就牵起他到我们家来了，还拿了二十个鸡蛋。他妈妈喊他给我鞠躬，搞得我多不好意思的。他妈妈说我是他们全家的救命恩人，还说她听到有人跑来告诉她，她娃娃淹到水里的时候，她的腿一下就软了，从台阶上摔下来。

"她撸起裤子，我看到她膝盖上一大片青紫。

"她说到一半就哭起来了，说如果娃娃没有了她也不活了。还说，娃娃的老汉儿要是晓得了，肯定要暴打她。

"后来那个阿姨就跪到地上了。把我吓到了。我妈妈赶紧去把她扶起来，喊她坐着说，还倒了一杯蜂蜜水给她。那个蜂蜜是我救了人之后一个邻居送来的。"

不知为什么，刘大船后面讲的这段，让我想哭。我仿佛看到了那个阿姨，眼泪哗啦啦的，跪在地上。假如是我淹死了，我妈妈也会哭得稀里哗啦吧？

回家后，我开始吭哧吭哧地写。妈妈问我写什么，我如此这般跟她讲了一遍。妈妈说，你们老师真是的，这种稿子怎么能叫你一个孩子写？应该他们自己写。

我说，靳老师说下学期要发展团员，这是积极要求进步的机会。

妈妈眼睛一瞪，似乎想发作，但还是忍住了。她叹了口气说，下学期你也才十四岁，入团不是要十五岁吗？

其实妈妈明白，入不入团我都得写。

如果只写刘大船给我讲的内容，五百字都不够。我挖空心思增加字数，在前面先写一段语录："伟大领袖毛主席教导我们说，我们都是来自五湖四海，为了一个共同的目标走到一起来了。一切革命队伍的人，都要互相关心，互相爱护，互相帮助。"然后又写了一段自我介绍，"我叫刘大船，是初二（3）班的学生。我的父亲是一名船工，我的母亲是一名劳动妇女，他们都是穷人的后代，在旧社会吃尽了苦受尽了罪，所以他们从小就教育我要珍惜今天的幸福生活。"

我为自己能想出这样的招数暗暗得意。但是，字数还是不够。勉强凑了七百字，就弹尽粮绝了。

我小声嘀咕了一句,烦屎得很。

话一出口我大惊,我竟然说脏话了。还好妈妈已经睡了。

7

这篇稿子,后来经过我们班主任靳老师,经过语文课姜老师,又经过团支部赵老师他们几个人的手,终于有了一千字,一千字还多呢。不过,等稿子再回到我手上时,我几乎不认识了。

比如这段:我奋力地朝宋强同学游去,水很急,我呛了一口水,但我没有放弃,继续朝前游。我在心里一遍又一遍地默念毛主席语录:下定决心,不怕牺牲,排除万难,去争取胜利!我终于游到了宋强同学的身边,一把抓住了他……

比如这段:我把宋强同学救上来后,他已经昏迷了,我一口气都顾不上喘,就开始抢救他。我用父亲教我的办法为他控水,在河滩上用力颠簸他,河滩上的石头磨破了我的脚,我也顾不上疼,坚持抢救他。终于,他吐出了腹中的积水,苏醒过来。当我看到他重新睁开双眼时,一股幸福的暖流涌上心头……

还比如这段:宋强同学的妈妈拉着我的手说,谢谢你刘大船同学，你真是毛主席的好学生……

而那句让我落泪的话，宋强的妈妈哭着跪下来说，"娃娃如果没了我就不活了"被删掉了。其实之前我已经删了一句"娃娃的老汉儿晓得了肯定要暴打我"。但老师们觉得还不够干净。

更搞笑的是，稿子里还有这样的句子：平时，我就特别注意锻炼身体——锻炼身体，保卫祖国。

我边看边笑，原来发言稿是这样写的。难怪我写不够一千字。

靳老师把我和刘大船叫到办公室，很严肃地说：

你，把稿子背下来，上台不能照到稿子念。

你，负责纠正他的发音，他发言要说普通话。

刘大船低头看了一遍稿子，哈哈大笑起来，引得办公室的老师都朝我们这边看。刘大船用手弹着稿纸说，格老子，这个刘大船简直是太好了，我要向他学习！

老师们全笑了。靳老师也想笑，努力抿住自己的嘴。

严肃点儿！靳老师说，你现在是少年英雄了，要注意自己的形象。

刘大船仍然嘀咕说，我又没牺牲，咋个是英雄嘞？

星期天不上课，我和刘大船就到学校排练。但前一个小时，我们基本是笑过去的。刘大船读的时候，我老是想笑。我不笑的时候，他又老笑。说实话，他的样子和读出来的意思，实在是反差太大了。

当他读到"一股幸福的暖流涌上心头"时，我终于忍不住了，笑得蹲在地下。他有点儿尴尬又有点儿生气地说，你笑啥子嘛。我说，我一听你说暖流就想到鼻涕了。他有点儿恼怒地说，你乱说！

他下意识地摸了一下他的圆头鼻子，自己也笑了，他甩着稿子说：这个刘大船肯定比你好撒，你也要向他学习！我说，嗯嗯，我一定向他学习，我要牢记毛主席的教导，锻炼身体，保卫祖国。

这下他也哈哈大笑起来。

让我意外的是，刘大船的记性还不错，背了几遍就背下来了。想想也是，除了老师加的那些"升华"段落，其他都是自己的事，好记。但他的普通话确实恼火，有些发音是怎么都纠正不过来的。比如"革命"，他是一定要说成"给命"的。

我们用了一个上午加一个下午，完成了靳老师布置的任务。

星期一下午，全校开大会，横幅是"活学活用毛主席著作讲用大会"，左右两边是："向刘大船同学学习""做毛主席的好战士"。

大会开始，校长先讲话，又很激动地说了这是学校的光荣，还强调说学校一直在加强教育，学校一直没有放松管理，等等。然后当场宣布，评选刘大船为五好战士（那个时候学校跟军队学，不评三好学生，只评五好战士，我也当过五好战士。但是是哪"五好"已经忘了）。然后给刘大船发了奖品：一个搪瓷杯，一条毛巾。

然后是刘大船发言。真还不错，他没有磕巴，基本上顺利地把稿子背下来了，虽然脸上没什么表情，个别地方普通话不达标，"革命"依然读成"给命"，但我觉得已经相当不错了。

同学们热烈鼓掌，还有跺脚的，起哄的。

然后，出现了一个我没想到的环节：宋强和妈妈上台致谢。宋强虽然是我们年级的，可是个子小，和妈妈一起上台，真的像个孩子。他的表情看上去很难受，一副要哭出来的样子。刘大船告诉我，宋强这几天一见到他就鞠躬，弄得他很烦。

看得出，刘大船也没想到，宋强会在这里出现。他愣了一下，想跑下台去，被校长一把拉住。校长让他站在母子面前，接受感谢。宋强的妈妈又开始说那些已经说过很多次的感谢话，然后是宋强说，宋强的声音小得像蚊子，然后他们开始鞠躬……

突然，刘大船大喊了一句：烦屎得很！

喊完他就冲下台去，直接往校门口跑。靳老师慌慌张张地跑去追，团支部的赵老师也跟着去追，让我想起了那次打预防针的情景。会场一下乱了，校长勉强说了两句，宣布散会。

我很激动，我也不知道为什么激动，心咚咚咚地跳。

陈淑芬也是一脸的慌乱，脸颊泛红。她跟我说，哎呀，刘大船闹情者了，他闹情者了！

我很想纠正她，是情绪，不是情者。但我没心思。

回到家，我迫不及待地跟妈妈讲了大会上发生的事，讲的时候心里依然发慌。为了完整表述，我又一次说了那句"烦屎得很"，冒着被妈妈骂的危险。但妈妈听完，竟然露出微笑。她拍拍手上的面粉说，你看，我早就说了，他身上一定是有优点的嘛。

第三章:革命友谊

1

我和蓝蓝的革命友谊是从初一开始的。

在一张两寸大的黑白照片上，我和她紧挨着坐在一起，我在前，她在后，照相师傅要求我头朝后歪，她身往前倾。这是当时的标准构图。两个黄毛丫头虽然紧靠在一起，表情却已被师傅摆弄得很僵硬了，一丝笑容也没有。照片右上角上写着"革命友谊"四个字。那时候言必称革命，革命理想、革命红旗、革命师生，等等。在"革命友谊"下面还有几个小字：1971年国庆。那时我读初二。

其实我和蓝蓝小学就认识了，但我只知道她的大名叫江如蓝，并没和她交往过。因为转入那个小学我只读了一个月，一个月里也总是和赵小珍黏在一起，忽略了她。一进中学，我见到她就笑起来，总算有一个认识的。她也笑，还小声说了句，我喜欢听你讲故事。

蓝蓝个子比我高，说话声音却比我还要细，从来听不见她大笑，也看不到她和同学打闹。陈淑芬和王跃红她们说她蔫儿吧唧的，不好玩儿。可我就喜欢她这样的，我自己就是个蔫儿人。

课堂上，蓝蓝坐在我后面，从来不会拍我的背找我说话。当然我也不会回头和她说话，不像坐在我前面的陈淑芬，分分钟回头。经常影响我听课。连我同桌刘大船都烦她了：你脑壳又转过来干啥子？烦屎得很。陈淑芬噘嘴道，我又不跟你说话，讨厌。

蓝蓝的家住在一个山坡上，我们家也在山坡上，我们两个山坡之间有一条大路，所以我们常约好了在大路口等着，一起去学校，放学了更是一起走出学校，在路口分手后，分别爬坡回家。虽然我们手拉手一起走，却很少像其他女生那样叽叽喳喳说个没完，不说话是常态。可是只要和她在一起，我心里就妥妥的。我也不知道为什么。有时候我话还没说完，她就猜到我要说什么了。同样，我也能从她的表情里明白她想说什么。我们常为彼此的默契大笑。

彼时父亲正好休假回家，母亲嫉妒地跟他说，两个丫头在一起话就多，跟我都没那么多话。父亲摇头晃脑地说，乐莫乐兮新相知。我问父亲什么意思，父亲说，人生最开心的莫过于新交到一个好朋友。我说，我们要做一辈子的朋友。父亲说，一辈子很长呢。

读大学后，我终于在屈原的《九歌》里读到了这句话：乐莫乐兮新相知。也才知道前面还有一句，悲莫悲兮生别离。那个时候，我和蓝蓝已经失去联系好多年了。新相知，生别离，都体验了。

有时候我也去蓝蓝家玩儿。她家人很多，除了爸爸妈妈，还有两个弟弟加一个奶奶，比我家多一倍，所以总是闹哄哄的。这一大家子人里我最怕她奶奶。江奶奶身子瘦小，驼着背，总穿着一件黑色的对襟衣服。我怕她，是因为她随时蹙着眉，好像在生气的样子。我认为奶奶应该是笑眯眯的，慈眉善目的。不过我没敢跟蓝蓝说，因为蓝蓝喜欢奶奶，她是奶奶带大的。

因为家里人多，蓝蓝又是老大，所以她很辛苦。除了做很多家务，每个星期天还要去打草卖。她说父亲单位养了牛，需要牛草。好像是一分钱一斤。她说她一次可以割二十多斤。

其实我也想有个挣钱的门路。虽然父亲偶尔会给我和姐姐一点零花钱，但哪里够用啊。想买冰棍儿吃，想看小人书（两分钱看一本），还想买好看的手绢（两毛五一块），各种开销，真缺钱。

有一天蓝蓝突然问我：你想不想跟我去割草？

我立即回答，当然想去！

我以为割草就是上山玩儿，跟小时候挖野菜差不多。一边玩儿一边挣钱，多好！我还以为我从此就走上了致富道路呢。

"我以为"是我少女时代的口头禅，每每判断错误，我就会辩解说，我以为……父亲曾摇头叹息，觉得我脑子太简单了。给我取了个绰号"徐以为"。

2

星期天一大早，"徐以为"就背着背筐去找蓝蓝。

蓝蓝已经为我准备好了一把镰刀。我们一起上山。山上草木茂盛。走到一个低洼处，只见一蓬蓬的茅草如波浪般起伏，仿佛在召唤我们手中的镰刀。蓝蓝比划着给我讲怎么用镰刀，我还没听完就冲进去开始割了，好像是去割钱。

可是不到半小时我就后悔了，真希望没答应她来。割草一点儿都不好玩儿，草很扎人，胳膊上被划出一道道伤痕，又痒又疼，时不时还有虫子爬到身上咬一口。虽然秋天了，还是很热，汗水一个劲儿流淌，流到眼睛里又涩又疼。

原来挣钱这么难啊。我又以为错了。但蓝蓝好像很习惯似的，一声不吭，时常撩起脖子上的毛巾擦汗，有时还过来帮我擦擦。她割草的速度很快，像个老手。

我们七点多开始割的，太阳升高时她停下来说，太热了你会中暑的，我们回去吧。我巴不得她这样说，连连点头。

我们背着草来到蓝蓝父亲的养牛场，很多人在排队，都是来卖牛草的。我扫了一眼，可能我的最少了，只有大半背篓，人家都是压得结结实实的满满一篓。有的不但背着一篓，肩上还扛着麻袋。

终于排到我们了，蓝蓝先过秤，那人看了一眼，给了她一个两毛的，加两个硬币。然后是我，我很羞愧，没好意思看自己有几斤几两，迅速接过那人给我的钱往口袋里一塞。瞟到一眼，好像是个一毛的纸币，里面包着硬币。

蓝蓝很高兴，她说今天卖的钱（她挣了两毛八）可以买好多斤红苕土豆。我问她买那么多红苕土豆干吗？她说奶奶是农村户口，没有粮票，两个弟弟饭量又大，所以家里口粮不够，必须掺和红苕土豆这些杂粮。

我此生挣到的第一笔钱，就是跟着蓝蓝挣的。这个必须刻碑。

068

和蓝蓝分手后，我取出自己的钱来看。哇，超出我的预期，有一毛纸币，还有一个五分，一个两分，一个一分。一毛八呀。

我很激动，虽然比蓝蓝少一毛整，但对我来说已是巨款，可以看五本小人书，还可以吃两根冰棍儿。我是不会拿去买红薯的，我们家口粮够吃了。父亲常年在外，我们就母女三人。

哪知我割草回来，发生了一系列问题，先是胳膊晒脱了皮，红红一片，很疼；之后是虫子叮咬的地方过敏了，起了很大的包块儿，包块儿又变成水泡，水泡又破了，刚好在小腿上，导致我很长一段时间走路一瘸一拐的。我少女时代是个过敏大王，动辄过敏，世间万物都是过敏源。

蓝蓝说，你太不经晒了，多晒两次就好了。

但妈妈说，算了算了，我看你得不偿失。

于是我再也没去了。蓝蓝一个人继续割草卖草。星期一来上学时脸上常有划痕。一看到那个划痕我就会想到她那个瘦小的阴沉的奶奶，我想蓝蓝就是为了她的口粮才那么辛苦的。这让我越发不喜欢她奶奶了。

可是蓝蓝总跟我说，奶奶对她很好，她一岁多就被送到奶奶家了，奶奶并没有嫌弃她是个女孩子，专门养了一头羊，让她喝羊奶，奶奶还喂了两只鸡，卖鸡蛋给她做新衣服。她在乡下长得胖乎乎的。上学前才回到父母身边。

有一次我忍不住问她，你妈为什么要把你送到奶奶家?

蓝蓝突然怔住了，好一会儿才说，嗯，这个，我也不清楚。

见她支支吾吾的，我便说，我小时候也在乡下呢，我三个月大我妈就把我送到乡下了，一直待到三岁。

为什么? 这回轮到她问我了。

又轮到我支吾了。我说，那个，好像是，我妈工作太忙，爸爸在外地修路。

她没再问。我们很默契地转移了话题。

我当然知道母亲为什么把我送回老家。但这是个秘密，我不能说，对任何人都不能说。以前在石家庄，周围的人都知道我们家的事，父亲因此被人贴过大字报，母亲因此挨过斗，我和姐姐也经常被骂。现在换了一个新地方，就算父母不嘱咐我，我也不会说。我小心翼翼地守护着不被人另眼看待的新环境。

虽然蓝蓝是我的好朋友，我也不能说，不是我不相信她，是这个事已经被我贴上封条了。

难道蓝蓝和我一样，也守着一个秘密?

如果说我和蓝蓝之间有隔阂，那就是这个了。我们彼此有事瞒着。

3

放寒假了。我不喜欢寒假（当然是和暑假比），天气冷不好玩儿不说，中间还有个春节。春节虽然可以打牙祭，却平添了很多家务事，大大减少了玩儿的时间。

比如要炒花生瓜子，起码炒三锅。我那时很奇怪，为什么所有好吃的都要留到过年吃？一直吃到不消化为止。炒花生炒瓜子这个任务通常是交给我的。坐在炉台边，拿个铲子，机械地一下一下地在锅里翻动。太无聊了，令我痛恨不已。有一次我心生一计，炒第一锅时看了时间，十五分钟刚好炒熟。于是炒第二锅的时候，我拿闹钟定好时间，十五分钟后响铃。这样我就可以不盯着锅看了，一手拿书，一手翻动花生和粗盐。那时候炒花生是用粗盐。

眼里一旦有了书，时间就过得快。可是第二锅竟然炒煳了。妈妈说，你怎么搞的？人站在炉子边上还要炒煳？你没鼻子吗？我辩解说，我以为十五分钟刚好一锅，我定了闹钟的。妈妈说，你以为！你也不想想，第一锅十五分钟，是因为火还没上来，盐也没烫，第二锅就不一样了，应该少几分钟才是。书呆子！哦哦，我恍然大悟。说来我小时候除了会考试，其他方面都很傻。

炒好的瓜子花生，有一部分还要剥出来捣碎，做汤圆心用。所以我还有个重要任务，磨汤圆粉。想起来就感慨，吃个汤圆，从泡糯米开始，到煮好吃进嘴，要经历九九八十一关。哪像现在，各种汤圆摆在那儿随便挑。当然，最辛苦的是我妈。我不能不帮她分担。

我们那一大片房子，只有一家人有个石磨，一到过年，每家每户都去他们家磨汤圆粉，连续几天排长队。我不记得大家是怎么回报他们的，也许每家都留下一点汤圆粉？因为人多，通常是先拿个盆子去排队，排到了，再端着泡了两天的糯米去推磨，那可是比炒花生还要无聊耗时。

哪晓得，我刚一吐槽，蓝蓝就说，你早说呀，我家有石磨。

真的吗？我简直觉得喜从天降，脸都笑烂了。

必须说，去蓝蓝家磨汤圆粉，在我的人生中，是坏事变成好事的典型范例。我主动跟妈妈要求去完成这个任务。用背篼背上泡好的糯米，第一天磨好了我们家的，不过瘾，第二天又去帮隔壁邓阿姨家磨，第三天再帮王阿姨家磨。每次都是蓝蓝帮我推磨，我只管添米。她说，你胳膊太细了，推得太慢。

当然我也有贡献，我的贡献是一边添米一边讲故事。我把小时候讲过的那些故事，又给蓝蓝讲了一遍。她的两个弟弟也在一边听，蓝蓝父母对家里出现的难得的安静很是高兴，也不停地夸我。于是这份劳作被我们彻底升华了。

我觉得自己有蓝蓝这么个朋友，太幸运了。连我那从不轻易表扬人的妈，也夸起蓝蓝来了。不过她夸得很冷门。一般阿姨夸女孩子会说，真好看，真懂事，真聪明。大概就是这个顺序。但我妈却另辟蹊径，她说，蓝蓝你的名字真好听，江如蓝，是春天生的吧？蓝蓝羞红了脸，小声说是的。我爸说古人有句诗，春来江水绿如蓝。我妈说，嗯，白居易的《忆江南》。我很高兴妈妈这样说，显得很特别。

4

快要开学的一天，蓝蓝忽然跑来找我，很神秘地说，我带你去个好地方。什么地方？我问，我好不容易借到一本《铁道游击队》，不想出门。蓝蓝说，你跟我走嘛，我保证你喜欢。

原来，她爸爸的一个朋友出差去了，让她爸爸帮忙看家，因为家里养了一只猫，要喂食。她爸爸就把这个任务交给了她。她去到那个叔叔家一看，大吃一惊，有好多好多书，一面墙全是书。她知道我一天到晚找书看，随便一本破书都能让我喜出望外。

"他家的书你一辈子都看不完!"她说。

"带我去带我去!"我连连喊。那个时候我对书的渴望，肯定超过了挣钱。

那个叔叔家在一个大学校园里。我们住的那个小城，竟然有两所大学，这让小城显得很特别，空气都不一样。蓝蓝的父亲就在这个大学的食堂工作。蓝蓝带我走进校门，上了一个坡，坡上有一排平房。蓝蓝打开其中一扇门，屋里很暗，她随即拉开灯，我眼前一亮，一排书架豁然出现在眼前。

我傻傻地站着，果然像蓝蓝说的，我一辈子也看不完。我家没有书架，记忆中小时候是有个书柜的，搬家后也没了。但是这个叔叔家，是一排书柜，从上到下，从左到右，全是书。

我傻了好一会儿，才扑上去，扑向那些书。走近后发现，大部分书我看不懂，估计是那个叔叔的专业书籍。但是，其中一个书柜里，竟排列着整整齐齐的《人民文学》，好像是从五十年代一直到六十年代，上百本。以我有限的认知，《人民文学》我是可以看懂的，我曾看过为数不多的几本《少年文艺》。

我心怀野心地问蓝蓝：叔叔什么时候回来?

蓝蓝说，好像就是这个星期。

我一下很失望，确定自己无法每一本都看了，就随便抽了一本《人民文学》坐下来看，一看就忘记了周遭的一切。蓝蓝给猫放好饭和水，先回家了，走时她嘱咐我，你在这里看，走的时候锁好门，别让人看见了，明天把钥匙给我。

我大概只去了两天，蓝蓝就告诉我那个叔叔回来了，钥匙还了。我很失落，很想求蓝蓝找叔叔借书看，但最终还是不敢，因为她爸爸若知道她把我带去叔叔家了，一定会骂她的，那毕竟是别人家。

但这个难得的经历，给我那无书可读的少年时代，留下了极其美好的回忆。我到现在也不知道，那个叔叔是怎样一个人，他一定很喜欢文学，才会连续那么多年订阅《人民文学》，并且在那样一个年月，保留下这些《人民文学》。他大概永远也不知道，曾经有个小姑娘，在几个黄昏时分躲在他家看书吧？

5

期末考试我考得特别好。那时考试虽然简单，也还是有个分数的。我数学得了满分，语文也九十多。而且我的作文还被秦老师拿到班上念了。秦老师还说要推荐到区里去。

妈妈的眼里难得有了笑意。她从身上摸出两毛钱，还有一张糖票，要我自己去买糖吃，作为对我的奖励。

糖票上写着二两。那时候糖（还有其他一些物品）是定量供应的，每人每月二两，即使如此，我们家的糖票也经常作废，哪有钱买糖吃啊。何况店里还经常没货。妈妈偶尔会用糖票买点儿白糖放着。实在没菜的时候，就让我们用馒头蘸白糖吃。

我兴冲冲地跑去糖果店，心里暗暗期待着能买到二两粑粑糖。可是一进去心就凉了，货架全是空的，只有铁桶里装了半桶白糖。两个售货员在那里聊天。我总不能买二两白糖来吃吧？但是生生地浪费这两毛钱和糖票，实在不甘心。

正在这时一个阿姨问我，小妹儿你要买糖吗？今天有薄荷糖哦。我顺着她指的方向看过去，发现柜台中有个白盘子，上面放着几片冰块儿一样的东西，淡黄色的。原来是薄荷糖。我高兴坏了，连忙将钱和票递过去，让阿姨称二两薄荷糖。

二两薄荷糖，比我的巴掌大不了多少，上面印着小格子，一共八小格。另外还有块小的，我还没走出店门，就先把小的那块含进了嘴里。太好吃了，不但甜，还凉飕飕的，我整个人都像被裹进凉风里似的，恨不能飞起来。

我第一个念头就是要和蓝蓝分享。我盘算着，可以分给蓝蓝两格，剩下的，姐姐一格，妈妈一格，我再留四格。小算盘还是有私心的。

我兴冲冲地跑到蓝蓝家，把她叫到门外，我不想遇见她奶奶。我拿出薄荷糖递给她，很骄傲地说：薄荷糖，我妈奖励我的，给你两颗。

蓝蓝很高兴，拿过去掰，怎么都掰不断。我说，你咬，你用嘴咬。蓝蓝就放进嘴里，咔嚓一下，竟一家伙咬下个斜三角，比三格还多。我很心疼，眼巴巴地盯着她。蓝蓝大概也觉得咬多了，又放进嘴里再咬，这回咬成了两个小三角。我正犹豫着，要不就忍痛让她都留下算了，她却开口说，我可以给奶奶一颗吗？

我只能点头了，而且还表现得很大方的样子：好，没问题。

蓝蓝立马朝我身后喊了一声奶奶。我回头，才发现奶奶正从台阶下上来，她家门口就是台阶。奶奶一手拄着拐杖，另一手拎着网兜，里面有几个红薯，走一步停一步，顶着颤颤巍巍的白发往上爬。我发现奶奶的背更弯了，脸上更愁苦了。

蓝蓝跑过去，先把糖塞进奶奶嘴里，然后扶她上来。

回家的路上我很纠结，剩下的半拉薄荷糖，还要不要分给妈妈和姐姐呢？那个时候称之为"思想斗争很激烈"。经过激烈的思想斗争后，我决定还是要分。不料妈妈说，我不爱吃糖，你留着吧。姐姐竟然也说，瞧你那心疼的小样儿，自己留着吧。我这才松口气，连忙收起来。算是挽回了一点损失。

其实我也就心疼了一小会儿，分给蓝蓝我还是很乐意的。她对我那么好，我也想对她好。可我是个书呆子，各方面都不及她，只能偶尔帮她写篇作文。好朋友就是要有福同享有难同当，爸爸说的。后半句我体会不到，前半句很明白。

6

没想到初二一开学，我和蓝蓝竟成了同桌。

初一我们还是男女生混坐，初二一开学，就男生和男生挨着，女生和女生挨着了。也许进入青春期，老师感到有必要拉开距离。其实那时候的我们哪里有青春迹象，尤其是我，就是个黄毛丫头。

我高兴坏了。尽管我原来那个同桌刘大船，因为暑假在江里救了一个同学，成了英雄，我还是想和女生挨着坐，尤其是和蓝蓝挨着坐。蓝蓝拿着书包走过来时，我们俩都抿着嘴笑。心想事成就是这种感觉吧。陈淑芬嘟着嘴说，你们两个倒好。我连忙安慰她：没事的，我们下课一起玩儿。我们都挨着呢。

但是座位一换好，一节课都没上，学校就宣布"全体革命师生"要进行为期半个月的野营拉练。

我们学校为此开了动员大会，我代表我们班上去表了决心。其实不用动员，学生们都开心得不行，鼓掌跺脚吹口哨。那时候我们坐在教室里就是混时间，没人读书。巴不得离开学校。

后来才知道，这拉练一点儿都不好玩儿。

老师说每两个同学一组，分别带被褥和生活用品。我和蓝蓝很快就商量好了，她带褥子，我带被子；她带脚盆，我带脸盆。回家跟妈妈汇报，妈妈什么也没说，虽然她对这么小的孩子不读书去搞什么拉练，肯定是不满的。但她还是默默地为我准备行装。

我平时背的书包不能斜挎，妈妈就把父亲的挎包借给了我。这样，我就背着铺盖卷儿（铺盖卷里有换洗衣服），斜背着挎包，手上拎着网兜脸盆（脸盆里是洗漱用具和碗筷），全副武装出发了。对了，妈妈还给了我两块钱，塞在挎包里层。另外还装了几个苹果，让我不能按时吃饭时用来填肚子。

我们从学校出发，浩浩荡荡地穿过市区，走向山路。但"朝气蓬勃"的状态仅维持了一个小时，队伍就松松垮垮如残兵败将了。我的壮举是，在出发的半小时里吃光了苹果。当然我分了两个给蓝蓝。我跟她说，背着太重不如吃了。后来的日子，我经常饿得前胸贴后背，后悔没把苹果留下来。

我们每天走几十公里，到达一个地方后，就去当地学校住下（那个学校的学生也都走出去了）。第二天再出发。本来一天徒步几十公里，也不算什么，受罪的是，那些日子总下雨，虽然不是瓢泼大雨，但成天淅淅沥沥的，很烦人，即使穿着雨衣，铺盖用塑料布包着，每天到了目的地，衣服和被褥也是湿乎乎的。

那雨好像跟着我们走，我们走哪儿，哪儿就下。几天下来，脚底下的路泡成了泥浆，走一步滑一下。大概走的是机耕道缘故，时间长了，黄黄的滑溜溜的泥浆让我感到恶心，我恨不能闭上眼睛不看路。可是路太难走了，我好几次脚底一滑，全靠蓝蓝拉住我才没摔倒，她比我走得稳多了。蓝蓝就像姐姐，虽然她只比我大两个月。

7

事情发生在第五天。没错，就是第五天，我记得很清楚。

那天的路程特别长，一整天都在路上。到黄昏时我饿得两眼发花，起先肚子还咕噜噜叫，后来饿到没力气叫了。我又有了那种恶心的感觉。有一回我在学校劳动完回家，跟我妈说我恶心想吐，我妈吓到了，还以为我得了什么传染病，让我赶紧吃了饭去看医生。没想到吃了饭我就说不恶心了。我妈跟邻居阿姨笑说，这孩子真是没饿过，不知道饿是什么滋味，跟我说恶心。

因为天气潮湿，我身上又过敏了，起了好几个水泡。两个小腿都有，水泡被磨破后，裤子蹭着很疼。我只能用手绢系上，晚上手绢取下来时，撕破了皮，疼得钻心。学校有辆卡车一直跟着我们，走不动的同学可以申请坐车，蓝蓝问我要不要跟老师说去坐车，我坚决摇头。全班都没人坐车，我去坐岂不太丢人。

整个队伍一声不响地默默前移。只要路边有人经过，同学们就争先恐后地问路，大爷（或婆婆、叔叔、孃孃），到合川还有多远？对方往往回答说：莫得好远，一哈哈儿就到了。但往往，这一哈哈儿，我们得走上个把小时。

天黑时我们终于到达了目的地，仍是一所小学。我们还是下榻在各教室的地板上。当然，地板上有草垫，我们再在草垫上铺褥子，就是床了。每天如此。同学们丢下铺盖卷，顾不上换湿衣服，就忙不迭地去吃饭了，全都饿得嗷嗷叫。

可我是班长，还得先协助班主任靳老师点人数，分铺位，分饭，分热水。饭和菜都装在脸盆里，一个小组两个盆。通常一端上来，就风卷残云，见底了。我有两次都只吃到白饭，白饭还是蓝蓝先帮我舀好的。所以饿肚子是常事。幸好妈妈给我了两块钱，我时常买两块米糕（一分五一个）充饥。

那天，蓝蓝觉得我太可怜，又饿又累，腿上还起水泡，很想帮我抢一点菜。哪知就惹到一个女生了。当时大家都吃得差不多了，蓝蓝看盆里还剩一点菜，就想拿起来倒进我碗里。恰好那个女生也来拿。那个女生个子高，能吃。她已经吃完饭了，还想把盆子里的最后一点菜倒走。蓝蓝就抓住菜盆不放，并且细声细气地说，你已经吃完饭了呀。僵持了一下，那个女生松手了。但她很懊恼，突然大声说，别以为我不知道，你家有个地主婆！

这句话惊到了在场的所有人。

蓝蓝默不作声，把剩菜倒进我碗里。但那个女生继续喊：地主婆地主婆！打倒地主婆！蓝蓝忽地站起来，把菜盆往地下一扔，走过去用力一推，把那个女生推倒在地。成天割草的孩子，真是有力气。那女生爬起来还手，两个人就扭成了一团。

我刚好这个时候走进教室，连忙冲过去拉架。

怎么了怎么了？我非常吃惊，我从没见蓝蓝这么厉害过，居然把那个女生打哭了。

陈淑芬在一旁小声说，她骂蓝蓝奶奶是地主婆。

那个女生哭着嚷嚷：本来就是！本来就是！狗崽子！

我傻了，一时不知说什么好。只是拦着蓝蓝，不让她再动手。蓝蓝涨红了脸，眼里迅速涌出泪水，然后她挣脱我，冲出教室。

我愣了一下，反应过来，也冲了出去。

8

天已经黑了，我找了一大圈儿，才发现蓝蓝蹲在操场上的语录牌后面。语录牌上写着，"学制要缩短，教育要革命"。蓝蓝就蹲在那儿。我走过去拉她，她不动。我只好也蹲下去。

蓝蓝在哭，很伤心那种，呜呜咽咽，抽抽搭搭，好像连续几天的雨水都积攒在她眼睛里，现在满出来了。我和她认识那么久了，还是第一次见她哭，她总是笑的。原来她也会哭，原来她也有这么多眼泪。

我虽然默不作声，心却在上下扑腾着。我太震惊了，从没这么震惊过。首先蓝蓝打人就让我震惊，她连重话都没说过。但更让我震惊的是地主婆，我简直要被震翻了。原来蓝蓝奶奶是地主婆？蓝蓝心里藏的秘密就是这个？

我很想问问蓝蓝，说不定她会否定：不是，我奶奶不是！但我不敢问。万一我问了她说是真的怎么办？我又开始"激烈地思想斗争"了。憋了一会儿我还是憋不住了，小心翼翼地问：那个，蓝蓝，她说的是真的吗？她是乱说的吧？

话一出口我就后悔了，因为蓝蓝"哇"的一声大哭起来，起初的呜咽一下变成了号啕。我后悔死了，我干吗要问，就算是又怎么样？蓝蓝是为了我才挨骂的。一时间我真恨不能打自己两下。我连忙搂住她的肩说，别哭了别哭了，咱们不理她。咱们不怕她。

蓝蓝继续大哭，肩膀剧烈抖动着。她把头埋在两腿之间，不管不顾地大放悲声，撕心裂肺的呜咽声撞到地下，又反射上来，在黑乎乎的夜里撕扯着，把我的心给撕碎了。我不禁悲从中来，对蓝蓝的同情和心疼，超过了对地主婆的恐惧。我只想安慰她，她就是我最好的朋友。只要她不哭了，我做什么都行。

我一边拍着她的背，一边也哭起来，眼泪鼻涕都出来了，真觉得好伤心。我哭着说，蓝蓝别哭了，地主婆就地主婆，怕什么？我跟你说吧，我妈还是右派呢，我小时候也被人骂狗崽子。

蓝蓝突然止住哭，抬起脸来惊讶地看着我。

我用力地点头：是真的。我妈妈就是因为当了右派，去劳改，才把我送到乡下的。我在乡下待了三年，一直到我妈摘帽了，才接我回家。我一直不敢告诉你……

蓝蓝一把搂住我，又嗷嗷嚎起来，但这次的哭声和刚才不一样了，好像通透了。她哭着说，我也是，我一岁多的时候我爸我妈都被下放了，他们只好把我送到奶奶家。

我说，我妈从农村回来就没工作了，我家就靠我爸。后来我爸也挨了处分，我们才搬到这里来的。

我说，以前在石家庄的时候，所有人都知道我妈是右派，我妈也挨了批斗……

我们两个你一句我一句，把家里的秘密说了个底朝天。

然后我安慰她，你不要怕，他们再骂你，我就去告诉靳老师。

她也反过来安慰我，你也不要怕。这里没人知道你家的事，我不会说的，打死也不会说。

我们一起止住了哭，擦干了眼泪，在黑夜里默默坐着，互相揽着肩膀，头靠着头。我忽然想，这就是有难同当吧。

9

靳老师找到了我们，把我们带回到办公室。

为什么打架? 靳老师问。

蓝蓝不吭声,眼睛看向别处。我只好说了事情经过:蓝蓝想帮我留点儿菜,某某同学来抢,抢不过就骂人。

靳老师对蓝蓝说,她不对,你也不能动手啊。

蓝蓝仍不吭声,紧闭着嘴。我说,她骂得很难听。

靳老师说,她骂什么了?

蓝蓝还是不吭声,连嘴唇都咬进嘴里了。我看看她,决定不再回答了。

好在靳老师没再追究下去,估计他也很累了,他说,快去睡觉吧。学校刚开了会,明天就往回走了。

果然,我们的拉练提前结束了。当然不是因为我们走不动了,而是国家出了大事,所有学校都提前结束了拉练。

回程也走了五天。五天后我们返回了学校。然后,开始了批林批孔运动。

我没有跟妈妈说那个夜晚发生的事。我只是向她申请了两毛钱,和蓝蓝去照相馆拍了张照片,就是开头说的那张,并在照片上留下了 "革命友谊" 四个字。

第四章:失踪的夹竹桃

1

春天开学时，我和蓝蓝的革命友谊被她的身高插了一杆子：一个假期下来，她竟然长高好多，像根竹竿一样杵在我面前，于是被老师调到教室最后一排去了。我又遗憾又羡慕地问她，你吃什么了？长那么快？她羞赧地说，我也不知道，我也不想长那么高。

我相信她说的是心里话，长那么高，就要去最后一排挨着张建坐了。张建是我们班女生个子里的 No.1，脾气也 No.1。拉练的时候，和我们干过一架。可是没办法，那么高一个人，老师不可能视而不见。

我的同桌换成了陈淑芬。陈淑芬倒是很开心，她一直想和我坐。陈淑芬整个人比我还小一圈儿，瘦瘦的。她有个毛病，口吃。因为口吃就不爱说话。不过她爱笑，笑起来挺可爱。

陈淑芬还有个特别的地方，有一根巨长的辫子，那是我长到十四岁见过的最长的辫子，从脑后一直拖到屁股上。上课的时候，为了防止坐在她后面的男生拽她辫子，她总是把辫子放到胸前，甚至揣在衣服口袋里。但是上体育课或者做操时，还是经常会被讨厌的男生拽，有一次竟把她拽倒在地上。我问她，干吗非要留那么长？剪短点儿嘛。她摇摇头。我自作聪明地说，你这个头发可以卖钱哦，起码可以卖两块钱。我的头发就卖过五毛钱。她还是摇头。

我猜想，可能长辫子是她身上最宝贵的东西了，至少是我们学校的 No.1。一个人身上有个可以称第一的东西不容易，我就没有。我个子不高，眼睛不大，头发呢，每次刚长到肩膀妈妈就咔嚓一下给我剪了。她说早上时间紧，哪有时间编辫子。我也无所谓，我小时候在幼儿园就被当成男孩子，被剃过两次头。

虽然我不像喜欢蓝蓝那样喜欢陈淑芬，但我也愿意和她在一起。她脾气好，我说什么都认真听。虽然话很少，偶尔也会讲一些稀奇的事，比如，她老汉儿（爸爸）会动耳朵，比如，他们院子里有个小猫失踪了，隔了一段时间回来，带回一只小猫。老猫是黄色的,小猫一半黄一半白。我很好奇,提出想去她家看看,她马上拒绝了:不行,它们怕、怕生人。

我也就作罢了。我那时对小动物无感,没养过,我喜欢的是花花草草。所有的花草都对我有天然的吸引力。小时候虽然住在大学校区,但围墙外便是农田。我时常翻出围墙钻进田野里,一玩儿就是几小时。搬到小城后,我马上发现我们家楼后有一片杂草丛生的坡地,光顾了几次后,悄悄跑去开垦了一片巴掌大的田,撒了几颗玉米。还真的长出来了,可是玉米苗长到筷子那么高的时候就不长了,病歪歪的。这个时候我读到一篇文章,里面有句话,大意是北大荒的土地无比肥沃,捏一把就能出油。于是我想我那块地一定是缺油。有一天洗碗的时候,我就把洗锅水悄悄留下来,天黑后端去倒在玉米下面。遗憾的是,玉米很快死了。

现在想来哪里是什么缺油,是缺阳光。那块地背阴,被楼房和围墙夹着,完全没有日照。但我依然热爱植物,可能是受妈妈的影响吧。妈妈总喜欢把发了芽的萝卜秧子或者白菜心,用个小碗养起来,一直养到开花。

陈淑芬知道我喜欢花花草草,她说她也喜欢,她说她妈妈在家门口一个破痰盂里种了辣椒,已经开花了,马上就结辣椒。我羡慕死了,她答应明年春天给我两棵辣椒苗。过了两天她又告诉我，她妈妈种的苞谷（玉米）背娃娃了。我不懂背娃娃是什么意思，她说就是结苞谷了。我想起我那几棵病歪歪的玉米，一时间无限崇拜，口水都从眼睛里溢出来了。她马上说，等苞谷长、长好了，我就给你带一棒，嫩苞谷之、之好吃。

我连连点头，感觉生活一下有了盼头。

2

陈淑芬对我这么好，我也想表达一下，就给了她两个核桃。

核桃是妈妈给我当零嘴的，父亲单位上分的，每家两斤。可核桃壳死硬，我拿到后怎么都吃不进嘴里。我看邻居杨老大用他家门缝夹，一夹就开了。我也想学，但妈妈不准，妈妈说会把门的弹簧弄坏。我就用脚踩，脚心都硌疼了也没踩裂，我穿的是一双布底鞋。后来上学路上，我找了个鹅卵石在马路牙子上使劲儿砸，虽然砸开了，但好多肉深藏在壳里，搞得很脏了也弄不出来。

所以我把核桃给她，有点儿处理的意思。幸好陈淑芬很高兴，比我听到有玉米吃还高兴，她摩挲了一下，迅速藏进书包里。

　　第二天陈淑芬问我,你家还有核桃吗?我说干吗?她说我老汉儿病了,吃、吃中药,就、就差核桃。她似乎不好意思,结巴更厉害了。我连忙问她需要多少个?她伸出两根手指。于是我连续三天,每天上学前都悄悄到橱柜里去拿两个核桃,藏在书包里带给她。

　　到第五天,终于被妈妈发现了。妈妈很生气,她说你想吃就告诉我,干吗偷偷摸摸的?我觉得自己是在做好人好事,被妈妈骂很委屈,就大声说,我不是偷吃,我是为了帮助同学!同学的爸爸生病了,要配中药!妈妈听了哭笑不得:我还是第一次听说中药里有核桃的,是你那个同学自己嘴馋了吧?我一愣,是啊,我怎么就没想到呢。陈淑芬那么瘦,肯定嘴馋,说不定她以前没吃过核桃。

　　但我没好意思去追究她,我只是跟她说,我们家没核桃了。陈淑芬连忙说,没事的,我老汉儿不、不喝中药了。我松口气,看来没影响"中阿两国人民的战斗友谊"。那时候广播里经常说,中(中国)阿(阿尔巴尼亚)两国人民的友谊牢不可破。

3

　　没想到我很快就发现了陈淑芬的秘密。

那天晚上吃过饭，我去学校参加入团积极分子培训班，其实我连申请都没写，但班干部都要参加。学习结束我从学校出来，已经是晚上八点了，我很少这么晚独自回家，便从市中心绕着走。

路过市中心公园时，见门口围着一圈人，似乎是有人在唱《红灯记》。我下意识地凑过去想看一眼，不料这一眼就把我给定住了：原来圈子里围着的，是陈淑芬和一个瞎老头。

瞎老头在拉二胡，陈淑芬在唱《都有一颗红亮的心》（京剧《红灯记》选段）。我目瞪口呆，没想到陈淑芬的嗓子那么尖亮，而且一点儿不磕巴，很流畅，很专业，好像她身体里装了个收音机。瞎老头咿咿呀呀地拉，她比比划划地唱，我简直看傻了，很有些佩服。

陈淑芬唱完，围观的人都鼓掌，还有人往他们面前的脸盆里丢钱，丁零当啷的。突然，出现了两个戴红袖套的，大声呵斥说："不许在这儿唱！""哪个喊你们在这儿唱的？"

围观的人一哄而散。

红袖套上去盘问陈淑芬，你是哪个学校的？你咋个能在街上卖唱嘞？陈淑芬不吭声，那个红袖套就去拉扯她，她突然大声说，我们没、没有卖唱，是在宣传样、样板戏！

没想到她还挺勇敢的。卖唱？这个词我好像在小人书里看到过,是旧社会的事情吧? 这让我心里发虚,没敢上前打招呼。

红袖套没收了那些硬币,走了。陈淑芬收拾好地下的东西,一个胳膊挎着木凳,一只手拎着网兜脸盆,站到那个瞎老头的前面。瞎老头背好二胡,伸手揪住她的辫子,两个人就一前一后走了。

我下意识地跟着他们,只见他们慢慢下了台阶,走到马路边上。马路上的人已经不多了,瞎老头紧紧揪着陈淑芬的辫子,有时他跟不上陈淑芬,陈淑芬的辫子就被揪得直直的,脑袋朝后仰。

原来,她的长辫子是用来给瞎老头引路的!

我被这意外的发现弄得心惊肉跳,难怪她不肯剪辫子。瞎老头是她爷爷吗? 从来没听她提起过她有个瞎子爷爷呀。

我在他们后面跟了好长一段时间才回家。到家已经是晚上九点了。妈妈自然一顿训斥,我顾不上辩解,就迫不及待地把遇见的事告诉了她。妈妈叹了口气,什么也没说,过了会儿又叹了口气,我感觉她很难过。但我还是忍不住质疑说:她怎么可以卖唱呢? 妈妈说,她不是说了她没有卖唱吗? 不是说了宣传样板戏吗?

我还是困惑。街上经常有宣传队演出,但还是第一次看到两个人演出,并且还带着脸盆。

4

这么天大的秘密，我实在是憋不住。

第二天上学路上，我就告诉了蓝蓝。我说了之后，期待着蓝蓝张大嘴巴瞪大眼睛的表情，我甚至打算约她一起去公园看。不料蓝蓝一副早三百年知道的样子，慢条斯理地说，我晓得。那个老头儿不是她爷爷，是她老汉儿。

结果张大嘴巴的是我：那么老一个老头，居然是她老汉儿？

我说，你也晓得她晚上要去公园唱戏？

蓝蓝说，我不晓得。我只晓得她老汉儿原来是川剧团的琴师。

我好歹挽回一点面子。看来，陈淑芬会唱戏也不是什么秘密。于是见到陈淑芬时，我脱口就说，昨天晚上我看到你了……

你看到我了？在哪儿？她有些紧张，居然没口吃。

我连忙改口，不是不是，我梦到你了。

那个时候我很爱做梦，也确实梦见过她好几次，梦见我和她还有蓝蓝，我们在一起做各种莫名其妙的事。我时常跟她说起我做的梦，她笑着说，我下回也要梦见你。

你梦到我在干啥子呢？她问，还是有些疑心。

我说，我梦见你，那个，在唱歌，唱得好好听。

我一时编不出别的内容来，她的笑容马上消失了。

这事便成了我俩的默契。她知道我知道了，我知道她知道我知道了。但我们都没说破。我的心情很复杂。又同情她，又怀疑她。又想告诉别人她会唱戏，又怕被人知道她在唱戏。

但过了几天我还是按捺不住了，我问她，你老汉儿的眼睛是怎么瞎的？是在旧社会被地主打瞎的吗？

我的询问完全是按照我当时所持有的对社会的认知，我还想，如果她说是，我要写进作文里。因为我第一次见到报纸上说的穷苦人。

不料她回答说，从小就瞎。

我又问，她又答。我们的访谈断断续续，结结巴巴，经历了好长时间。终于，我搞清楚了她老汉儿的基本情况。原来她老汉儿从小就有一只眼睛是瞎的，跟着一个拉二胡的学会了二胡。拉得特别好，就进了川剧团。哪知前些年，另一只眼睛也看不到了，全瞎了。老汉儿因为不能上台演出了，成天闷在家里，时常乱发脾气。

"我想让老汉儿高兴，就带他到外头去拉，只要有人听，有人叫好，他就高兴得不得了。"她全说了。

我相信她说的，都相信。心里还是很对劲儿。我总也忘不了那个画面，她老汉儿拽着她的辫子，在夜色里踯躅向前。我很想说，你老汉儿那样拽着你，不疼吗？可是终于没有问。我怕她会伤心。

我们不再谈这件事。我们还是谈花花草草。

5

夏天来了。我们这个江边小城，一到夏天就成了火炉，每天走在路上，热空气都像热稀饭一样裹在身上，简直走不动路。我算是不爱出汗的了，也浑身汗臭。陈淑芬则更过分，脑袋上已经散发出酸臭的味道了。她说头发太长，得等妈妈有空了才能帮她洗。

我差点儿脱口说，剪了嘛，长头发好烦人。

但一瞬间我咽了回去，脑海里又浮现出那个画面。想想她老汉儿，我觉得自己运气算好的，虽然爸爸总是不在家。

就在我们每天闻着汗臭的日子里，发生了漫画事件。

那天也很热。上午的最后一节，课间休息时我在看书，是新借到的一本《铁道游击队》，人家只允许我借两天，我就带到学校来了。听见上课铃响,我还舍不得合上书。

陈淑芬在旁边一个劲儿捅我,紧张地说,你、你快看黑板。我一抬头,看到黑板上画了一幅很大的漫画,一个小人拿着一本书撞在一棵树上,龇牙咧嘴的,很丑很可笑,旁边写着歪歪扭扭几个字:孔二老的徒子徒孙徐水杉。我顿时气蒙了,一头趴到了桌子上。

我趴着,听见靳老师走进了教室。他个子大,脚步重,很容易分辨。这节课正好是他的"农基"课。我暗暗高兴靳老师是班主任,发现了黑板上的漫画,肯定会严处那些捣蛋鬼的。

我一动不动。往常这时候,我应该站起来喊起立。我知道这会儿全班同学加上靳老师都在看着我。那你们就看吧,你们以为我不会生气吗?你们以为我就没脾气吗?好吧,让你们瞧瞧。

我感觉到陈淑芬的小手不安地放在我的肩膀上,来回摩挲,她一定很担心,我的眼泪出来了。那段时间我很脆弱。星期天妈妈让我帮她择菜,我磨叽半天不想动,走到厨房时手里还拿着书,好像书黏在手上了。妈妈生气地说,看看看!难道全家就你认字?放下!做事要有个做事的样子!我忍不住回了一句嘴:我还不是做了那么多家务的!说罢嗓子一下就哽咽了,好像受了天大的委屈。放在以前,我根本无所谓,老老实实放下书去干活了。现在想来,是青春期的缘故吧。

大概靳老师看我趴着不动,感觉到异常,回头,便看到了黑板上的漫画和字,他不自觉地念出了声,孔老二的徒子徒孙徐水杉。全班随即哄堂大笑,甚至有人还拍着桌子跺着脚,像是遇到了千年不遇的喜事。只有我肩膀上陈淑芬的那只手在用力抓我,抓得我有点儿疼。

靳老师说,谁写的?快上来擦掉。

当然没人认账。靳老师就没再追究下去,自己擦了黑板。他一边擦一边说,这样不好啊。以后不要再这样了。咱们先上课。今天,我们讲果树的嫁接……

我太意外了。靳老师怎么能就这么算了呢?在我看来他应当继续追查,一查到底,揪出那个家伙。怎么能轻描淡写地说一句"这样不好"就算了呢?平时班上同学喊他外号他都很生气,甚至大发雷霆。怎么遇见我这事就这么无所谓?而且我平时对他那么好,有时候完全是为了靳老师,我才费力地一个一个地去收作业。他上课做试验,我总是帮他拿仪器,而且还有一个谁都不知道的秘密,那就是靳老师做直流电交流电试验的时候,我总是怕他触电。我甚至想好了,万一靳老师触电了,我一定要勇敢地去救他,怎么救?应该是迅速跑到前面去,用笤帚杆子把电线挑开吧?

可是靳老师却这么不帮我，不为我撑腰。我真的很生气。

我恨不能把脑袋钻到课桌里去，恨不能从这个教室里消失。但趴了一会儿，我胳膊就麻了，关键是胳膊和脸上全是汗，渗到眼睛里很难受。更关键的是，陈淑芬一直趴在我耳边，头发上的酸臭直冲我的鼻子。她不断地说，你莫、莫理他们。你莫、莫生气。甚至还说，明天我给你带、带苞谷。

她这么苦口婆心的，我再趴下去实在说不过去了。我便抬起头拿出小说来看。本来我把小说带到学校来，还有点儿心虚，总用课本盖着。现在我索性拿到桌面上来看。谁让你靳老师不主持公道的，我就不上你的课。我的心里满是怨气，像个小怨妇。

陈淑芬见我开始看书，放心了似的，拿起本子扇脸上的汗。大概人一着急，汗就更多。她肯定浑身是汗。

6

靳老师这门"农基课"，全称为农业基础知识。就是原来的化学课，只不过内容都贴近农业；物理则改名叫工业基础知识了，也是很贴近农业，怎么修抽水机之类的。这两门课简称为"工基"和"农基"。靳老师是正经师范大学毕业的，"工基"和"农基"一起教,还兼班主任。他长得很高很壮,声音也洪亮,我们班男生就给他取了两个绰号:"工基大汉""农基大汉"。靳老师有一回很严肃地在班上说,有些同学,很不礼貌,叫我"工基大汉""农基大汉",我叫靳建华,我再说一遍,我叫靳建华!

全班更是哄堂大笑,因为他方言很重,靳建华听起来像是"惊叫唤"。靳老师于是又多了个绰号"惊叫唤"。靳老师终于无奈,只好听之任之了。

那时我们班男生实在是太捣蛋了,教语文的姜老师不止一次被他们气哭。至于男老师,经常气得发抖。有一次教政治课的范老师气急了,用当地土话怒吼:你们这些娃娃,简直是四季豆油盐不进!一个男生嬉皮笑脸地说,你不是四季豆,你是老南瓜。范老师说:太不叫话了!明天喊你老汉儿到学校来!不料好几个男生拍着胸口说:老汉在这儿!我就是他老汉儿!我回去就打他!范老师脸色铁青,片刻后,我看到粉笔末像雪花一样从他手中纷纷落下。

得有多么愤怒,才能用两个手指捏碎粉笔呀。

我们那时的课堂不是课堂,就是一锅粥。老师受罪,学生混日子。现在想起来,心里还是很难过。

本来我很期待这节课的,果树的嫁接,多有意思,比"沼气的用途和制作"这样的课好太多了。可是偏偏遇上这么生气的事,我要抗议,我不听。

但我眼睛盯着书,耳朵还是不由自主地在听。靳老师在讲了果树嫁接的优势和分类后,就开始实际操作了。我实在按捺不住,悄悄从书本上抬起眼看他操作。只见他拿了一粗一细的两根树枝,还拿了小刀,给大家示范怎么嫁接。估计他在家里事先练习过。他在粗的树干上切了个斜口,将另一根比较细的树枝削尖插入,再用稻草裹上。我虽然没看得太清楚,但感觉很简单。我马上想,我也要试试。我也要搞嫁接。

7

下课铃终于响了。

靳老师把课本往桌上一撂,说,下课!往常这个时候我会说,起立!但那天我一动不动,继续看书。靳老师又说了一声,下课!我仍纹丝不动。其实我已经看不进去书了,但目光仍一行一行在书上扫着,好像很投入的样子。

靳老师点着我的名说,徐水杉,下课了!

我不慌不忙地把书合上,放进书包,再把书包在课桌上放平,再把胳膊放上去,再趴下脑袋。这个系列动作做完后,所有人都知道我是故意的了，有的埋怨，有的叹气。这让我感觉很好，有那么一丝复仇的快感。

陈淑芬忍不住说：她生气了！

靳老师似乎这才想起上课前发生的事。他拍着手上的粉笔灰说，对了，刚才到底是哪位同学在黑板上画的那些乱七八糟的？站出来认个错吧。没人吭声。靳老师又说，我早就批评过你们了，你们就是爱乱起绰号，我叫靳建华，你们叫我"工基大汉""农基大汉"，现在还叫我"惊叫唤"。哄的一声，大家又笑起来。

靳老师说，你们还笑！都是初中生了，都是十四五岁的人了，一点教养都没有！学习不上心，干这种事你们倒是挺动脑子！

靳老师说着说着真生气了：你们说你们以后怎么办？什么都不学，天天混日子，一点儿都不考虑自己的将来吗？说罢他生气地拿了把椅子放到讲台上，一屁股坐下：看来你们都不饿，不饿我们就慢慢等吧。

这下大家沉不住气了，这是上午的最后一节课，哪有不饿的道理。不要说男生，女生都饿得不行。陈淑芬不断地在我耳边说，算了嘛，莫生气了。

我反正不饿，一肚子的气。气同学，更气靳老师。时间一分一秒地过去，走廊上已经安静下来了，各个班的同学都走光了。靳老师也是怪，我不喊起立他就不放学，这让我有点儿骑虎难下了。这时我见刘大船大喊一声：到底是哪个龟儿子干的？赶快给人家班长认错！

全班鸦雀无声，课堂从来没那么安静过。学习委员秦向前说，咋个没人说话呢？是做贼心虚么？刘大船马上说，就是，做贼心虚！嗯，都是些贼娃子干的。喂，班长，你就莫和贼娃子计较了撒，你跟贼娃子计较显得你没水平嘛！

大家都笑了，我也憋不住笑了。幸好是趴着，不然尴尬死了。

我的气消了，一消就很饿。我终于站了起来，细细地喊了声：起立！哗啦啦一阵乱响，桌子椅子都急不可耐地想往外跑，但慌乱中还是有几个男生一起喊：孔老二的徒子徒孙！

我已经不生气了。反正也不是第一次被同学嘲笑捉弄了。妈妈说了，咱们家的孩子要学会忍气吞声。妈妈还说，气又不能攒起来吃。再说我还惦记着嫁接的事。对植物的天然热爱，让我在生闷气的情况下，依然偷听了靳老师讲的果树嫁接。课本上有彩色插图，那个经过嫁接的果树，开了一树的花，结了一树的果。看得我手痒痒，恨不能马上就去试验。

8

星期天一早，我从家里拿了一把剪刀，一根长布条，还有一副线手套，陈淑芬则带上了她说的"嘿快"的小刀，一共四样作案工具。

我原本还约了蓝蓝，但蓝蓝听了我的想法很诧异，盯着我看了老半天，好像我在说梦话。我说，就是靳老师讲的嫁接呀。肯定很有意思。蓝蓝确定我不是说梦话，迟疑地说，去哪里找果树呢？我说不一定要果树嘛，我们也可以用别的树，比如夹竹桃。蓝蓝说，夹竹桃有毒。我说，我们又不吃。

蓝蓝始终没提起兴趣，眼睛没发亮，鼻子也没翕动。我感觉她个子长高后越发像个成年人了，好像对什么都没兴趣了。后来她才告诉我，是她奶奶去世了，那些日子她难过得不行。

陈淑芬看我很失望，忙说，我、我和你去。我家、家有小刀，嘿、嘿（很）快。我只好放弃蓝蓝了。我揽着陈淑芬说：我们两个去。

一见面我就发现陈淑芬变样了，原来她洗了头，头发蓬蓬松松的，脸庞也因此亮了起来，看来她妈妈终于有空了。

说来难以置信，我们的少女时代，洗头是唯一的美容方式。我遇到重要事情时，也会烧水给自己洗个头，洗了头马上有焕然一新的感觉。

陈淑芬一见我就说：跟你说个嘿好嘿好的消息，我老汉儿今天晚上要去演出！是正儿八经的演出！在文化宫。他们川剧团排演《红灯记》，那个拉二胡的病了，喊我老汉儿去顶替。昨天晚上通知的，我老汉儿笑稀了。

我第一次听到陈淑芬一口气讲出那么多话，而且完全没有磕巴，像是唱出来的，太不可思议了。看来结巴也不是铁打的。我被她的情绪感染，大声说，噢真的吗？太好了，我也要去看！

去嘛去嘛，你、你不用买票，到后、后台找我。

陈淑芬恢复了常态，大包大揽地邀请我。显然，她老汉儿去演出，是少不了她这个拐杖的。

我们顶着大太阳兴冲冲地走，陈淑芬被喜事鼓舞着，步子迈得飞快。太阳已经发威，把柏油路都晒软了，我感觉脚底发烫，眼前白花花一片。放到现在，这样的天气根本不想出门，若出门也必是防晒霜遮阳伞齐备。可那时候我们完全不在意，都是裸晒。

我们来到距离学校不远的马路边上。那条路的两旁全部是夹竹桃。六月里，夹竹桃无比茂盛，像一堵密不透风的绿色的墙。眼下已经开花了，红色的花和白色的花，都一嘟噜一嘟噜地坠着枝条，让我想起姜老师教我们的词：繁花似锦，还有，郁郁葱葱。

我的远大理想是，通过嫁接，让一个夹竹桃的枝子上开出两种颜色的花来。陈淑芬虽然表示出怀疑，但也只把怀疑留在眼神里，没说出来。我说试试呗。不试怎么知道。我没告诉她，用洗锅水浇庄稼是不行的，我也是试了才知道。

陈淑芬把长辫子在脖子上绕了两圈，然后挽起袖子，一副要大干一场的样子。我也戴上手套（蓝蓝说夹竹桃有毒），模仿着靳老师的做法，先在开白花的夹竹桃里剪了一枝含苞待放的，削尖。再到开红花的粗干上去切口。没想到切口很难，虽然陈淑芬说她的小刀"嘿快"，其实远不够快，我切了半天才切开一点，还差点儿划到手指头。后来还是陈淑芬上手，费了好大劲儿才切了两厘米深。我把削尖的枝条插进去，不管三七二十一，用布条把它缠绕起来，缠了三圈，系紧，感觉很结实了，才松口气。

我捡了块石头放在那棵夹竹桃下面，做记号。陈淑芬觉得不够明显，她四下打量后，找到旁边一根电线杆，然后用脚丈量了一下，说离电线杆七步。嗯，这个好，比我的做法聪明。

靳老师说，嫁接的枝条，至少要一周的时间才能成活。我又反复看了那个包扎的地方,确认没问题,才离开。

我们两个大汗淋漓,我甚至感到有点儿头晕。陈淑芬发愁说,她脑壳里全是汗,回去要被她妈妈骂惨,才洗了头的。我出主意说,你快到家的时候,在阴凉地晾一会儿再回家。她摇头。我又建言:那就去我们家玩儿。她还是摇头,说下午要陪老汉儿练节目。

我是不在乎出汗的,我出汗了我妈会表扬,说明我"动了",我妈成天要求我动起来,"不要当书呆子"。此刻我脑子里转的就一件事,一星期后:红色和白色的夹竹桃花开在一个枝头上。

9

那天晚上,我没能去看成陈淑芬她老汉儿参加演出的《红灯记》。原因是妈妈不同意。她无论如何不允许我晚上十点才回家。我也没反抗。因为《红灯记》我已经看过好几遍了。

第二天陈淑芬兴奋地告诉我,演出很成功,老汉儿高兴惨了。老汉儿说等演出完了,要给她做一件新衣服。

后来的一天,我做了个奇怪的梦,我梦见陈淑芬站在舞台上唱戏,可是光比动作,没有声音。更奇怪的是,她剃了个光头。我问她，你的辫子呢？她说我不想要辫子了。我怀疑地说，你不是陈淑芬吧？她笑眯眯地说，我就是。我说那你唱一句让我听听？她转身就跑了。我去追，却怎么也迈不动步子，一着急，就醒了。

我觉得这梦很有意思，我竟然梦见一个光头的陈淑芬，她的长辫子不见了。我真想马上把这个梦讲给她听。

可是早上到学校，她却没来。我猜大概她连续演出太累了吧。我们那个时候不来上课就不来上课，很平常。所以我没太在意。但是下午她也没来，第二天也没来，第三天也没来。

我跑去办公室问靳老师，靳老师说，陈淑芬吗，她妈妈刚刚让人带话来，说她受伤了，在人民医院。

我吓一跳，原来出了这么大的事。

靳老师说，正好，你代表我们班去看看她，用班费买半斤白糖。

我和蓝蓝放学后就跑去医院看她。她果然躺在病床上，头上裹着白纱布。纱布很厚，从头顶一直缠绕到脖子上，一张脸遮得像巴掌那么大。可是她却笑得很开心。也不知道是因为看到我们了，还是看到白糖了。

原来演出的第三天晚上，回家路上，他们被一个拉板车的撞了。那个板车拉的东西太多，下坡时控制不住，先撞倒了她父亲，父亲又带倒了她，她的长辫子被搅进轮子里，拖拽了好一段，除了脑袋裂了一道口子，身上也是青一块紫一块的。

我和蓝蓝傻呆呆地站在床边。病房里有好几张床，病人和家属挤得满满的，很热。天花板上的电扇慢悠悠地转圈儿，扇出来的全是热风。蓝蓝问她，你不热吗？她说不热。

我一句话也说不出。她的脸色很难看，嘴唇发白。我盯着她的白纱布脑袋想，难道她真的成了光头？我想起自己做的梦，她光着头站在舞台上，好可怕，我居然提前梦见了坏事情。

陈淑芬见我不说话，反过来安慰我说，没有好大个事，再等几天拆线了，我就可以回家了。我还是说不出话。她忽然说，对了，你要记着去看我们嫁接的夹竹桃哦。一个星期了哦。

可不是，差点儿忘了。我连忙说，我明天就去。

她说，肯定开花了。肯定好看惨了。

第二天我早早就出了门，一个人跑到我们的"实验基地"去，满怀着期待。真希望试验成功，看到白色的花和红色的花开在一个枝头上。像陈淑芬说的，好看惨了。退一步想，就算没开出两种颜色的花，至少希望我们嫁接的枝条活了。这样我下次去看陈淑芬，就可以告诉她了。

可是，我怎么都找不到我们的"嫁接成果"了。

我记得我当时在树下放了块石头，石头不见了。再按陈淑芬说的电线杆定位，也没找到。我来来回回地走，一眼望去，所有的枝条都长得一模一样。我们当时是在白花夹竹桃上做的试验，但那一片白花夹竹桃依然白花花的，没有一星半点的红。我又钻进去扒拉开来，一根一根枝条地看，就是找不到，连切口也找不到。完全没了踪影。

我失望至极，再也没去看陈淑芬。我不想告诉她坏消息，也不想骗她。

10

等我再见到陈淑芬时，已经是秋天了，又一个新学期来临了。

陈淑芬顶着一头寸发出现在我身边，像个男孩子。我忽然意识到，女孩子的头发太重要了，没有了头发，马上会变得性别不明。

她不好意思地搔着脑袋：我是……是不是，很难看？

我安慰她说，没事儿的，头发很快就可以长长的。

她说，不。我再……再也不留辫子了，一……一辈子都不留了。

我吃惊地说，那你老汉儿怎么办?

她说，我老汉儿，走……走了。

她说这话时，依然笑眯眯的。我愕然。脑海里浮现出瞎眼老汉拽着她辫子的画面，她的头朝后仰，像一根小小的拐杖。

我忽然想起了那个我一直想问的问题：你的辫子卖了几块钱?

她摇头，没有卖。埋、埋了，和老汉儿一起。

哦。原来，她老汉儿把"拐杖"带到另一个世界去了。

陈淑芬真的说到做到，直到初中毕业，我们分开，她的头发一直都是短短的，比我的还要短。她还养成一个习惯性动作，就是随时甩一下头，好像确定自己的脑袋是轻松的，没有拖累的。

只是我很想知道，她后来嫁人的时候，有没有长发及腰。

第五章:糖水荷包蛋

1

十四岁生日那天，我没吃到糖水荷包蛋。

鸡蛋有很多种吃法，抛开番茄炒蛋、蛋炒饭以及鸡蛋饼之类的合作项目，单身鸡蛋本身的吃法也很多，蒸鸡蛋羹、煮茶叶蛋、煎荷包蛋，还有简单的水煮囫囵蛋。但我最喜欢的，是糖水荷包蛋。做法很简单，就是水开了，鸡蛋打下去，不去搅动它，让它裹成个荷包，然后盛在碗里，放一勺糖，真是美味。我每次连糖水都会喝得干干净净。

不过这样的糖水荷包蛋，平时吃不着，要过生日才能吃。鸡蛋稀缺，白糖也稀缺。我曾问过几个同龄人，小时候生日怎么过，有几个回答说从来不过。有个别回答说会吃碗面（长寿面）。可见我们能吃上糖水荷包蛋，已经算相当高级了。

如此，我总是盼生日，盼自己的，也盼姐姐的。因为每次过生日，妈妈都会做两个糖水荷包蛋，姐姐生日我陪吃，我生日姐姐陪吃。这样，一年就有两次口福了。

但十四岁生日那天，我没吃着，破了惯例。

我的生日在五月，立夏之后，小满之前。母亲常说，这是最好的季节了，万物生机勃勃，田野丰收在望。我也觉得好，我觉得好是因为马上要过"六一"了，马上可以穿裙子了。这两件事，都是我小时候期盼的事。

每年"五一"一过，我就开始盼生日了，当然是在肚子里默默期盼，不能说出来。说出来爸爸会批评：一个小孩子，不要总想着自己。可就是小孩子才会总想自己。等长大了，心智成熟了，接受更多的教育了，就知道人是应该替他人着想的。

2

生日的前一周，我遭遇了一件人生大事：参加篮球比赛。

我那时虽然会读书，却是个差生，体育课的差生。一上体育课我就自卑怯懦，跑也跑不快，跳也跳不高。偶尔逃不脱，必须跑的时候，常被同学笑话，说你那个叫跑步吗？跟婆婆走路一样。如此我就更不愿意上体育课了，找各种理由，比如肚子疼，脚疼，鞋带断了，或者要帮老师做事等。反正那个时候体育不考试，我自己是班长，不给自己打缺勤就是了。

所以，打篮球这样的事，在其他同学是玩儿，在我就是人生大事。甚至是感到恐惧的大事。

当时学校组织篮球联赛，规定每个班都要参加，男生一个队，女生一个队。放学后班主任靳老师就让全班留下来，商量成立篮球队的事。男生大部分都喜欢打篮球，所以很快就挑出了十个人。女生有些困难，即使喜欢打篮球的，也都扭扭捏捏不举手。靳老师就点了几个人的名，其中包括我们班个子最高的女生张建。张建本身是喜欢打篮球的，但她却突然说，要我参加可以，班长也必须参加。班长不参加我就不参加！

靳老师马上盯着我，那眼神很明确，为了集体的利益，你得上。我立刻傻眼了。我无法推脱，我不但是班长，还交了入团申请书，怎么也得"起带头作用"。但心里却在怒吼：张建你太讨厌了，明知我不会打篮球，明知我不喜欢打篮球，故意刁难我！

她刁难我，是我得罪了她。本学期开学，学校要求每个学生放学后在操场跑四圈（现在想来学校还挺重视体育锻炼的）。我负责打考勤，张建连续三天都没跑，我只好给她打缺勤。她生气地冲着我说，你懂啥子嘛懂？你个小瓜娃。我很生气，气得要命。的确，我是小，班上的大部分女生都比我大。有的甚至大三岁。我没满十四岁时，她们都十五六岁了。可她凭什么骂我是瓜娃（傻子的意思)？

后来还是蓝蓝劝我，蓝蓝说算了别跟她生气，你不晓得，她是来那个了。我不明白来哪个了，蓝蓝说，就是每个月要来的那个呀，你不知道吗？我隐约有些明白了，因为我想起了我姐。姐姐也是每个月有几天显得神神秘秘的，经常说，你出去一下，把门关上。我们家就一间屋子，我只好站在走廊上等她喊"进来吧"。

但我不想表现出我不懂"那个"是什么意思，即使是在蓝蓝面前。我就说，那她也没请假呀。没请假我就打缺勤。她就是讨厌，她还骂过你你忘了？蓝蓝默不作声了。我指的是拉练的时候，她和蓝蓝抢菜发生冲突的事。从那以后，我们之间基本不说话了。

3

为了起"带头作用"（实际上是拖后腿)，我只好参加篮球队，每天下午都要陪张建她们几个在操场打篮球。她们倒是玩儿得开心，嘻嘻哈哈满场笑，我就傻乎乎地站在边上看，看她们奔来跑去，抢夺篮球，跳起来投向篮板，偶尔进去一个，我就拍巴掌，以示参与了。

幸好其中有蓝蓝，不然我更会觉得无聊。蓝蓝个子也高，也会打篮球。还有陈淑芬，也在一旁观战。她一点儿负担也没有，张建不会硬要她参加篮球队的。

妈妈知道了倒是很高兴，说好啊好啊，去跑跑，出出汗，别一天到晚坐着。我嘟着嘴说，我拿着球都不知道怎么扔。妈妈说，也是，让你打篮球，真跟让焦大绣花一样，完全是错位。我问妈妈焦大是谁，妈妈随口说，做煤球的。那时我每周都要去煤场挑煤球，脑子里马上浮现出了煤场工人的样子。

篮球比赛的第一轮，是我们班和二班女生比。一开始张建就让我上场，张建名字像男孩子，性格也像，球队一组建，她就天然成了队长。我只好乖乖上去。我在场上跑得气喘吁吁，从这边追到那边，再从那边追回来，就是追着球跑，但球真的飞过来了，我会下意识闪开。

有一次球滚得很远，我去捡，跑过去时，一个路过的男生先捡起来了，他笑盈盈地看着我。我一看，脸霎时通红。是一班的蓝天。蓝天成绩好，长得还帅，第一批就入团了。是我心里暗暗膜拜的人。他把球扔给我，我却没接住。太丢人了，恨不能有个地缝钻下去。

我回到场上，有气无力地把球扔给蓝蓝，张建终于忍无可忍，叫停，把我换下来，自己上去。

我如释重负，张着一双干干净净的手就下来了。张建上去后，在场上如小鹿般灵敏迅捷，很快投进一个。我由衷地使劲儿拍巴掌，心想，以后管她跑步不跑步，我都认了，人家用不着跑步啊，人家已经像个运动员了。

好不容易挨到结束，我们班输了。

我小心翼翼地说，对不起。张建瞥了我一眼说，和你没关系。又大声说，最好下一场也输，第一轮就淘汰。我不敢接话，心里倒是暗暗高兴。早点儿淘汰我就早点儿解脱了。

4

尽管我只上场跑了十分钟，却饿得不行，感觉人发慌，嘴里伸出好几只手来，恨不能抓到什么吃什么。可是回到家，翻遍了碗柜，没发现任何可吃的东西，连半个剩馒头都没有。

据说人饿的时候脑子反而好使，那一瞬间我果然闪出个从没有过的念头：没有现成的就自己做吧。我发现碗柜里还有两个鸡蛋，马上捅开蜂窝煤炉子烧开水。水开了，按妈妈的做法，将鸡蛋打进开水里，滚了一会儿，看到成荷包了，连忙舀起来，放了一勺糖。然后迫不及待咬了一口，发现里面还是溏心，时间太短了。但我还是狼吞虎咽地吃了下去，连糖水也喝光了。然后洗干净锅碗，确信没留下丝毫痕迹，这才按妈妈的要求，开始焖米饭。

妈妈下班回来，放下工具就开始洗菜炒菜，我在旁边打下手，心里却发虚。那时鸡蛋很金贵，不但贵（跟猪肉价格差不多），也很不好买。每次去菜市场要碰运气才能买到。因为公社不让农民养鸡，说那是资本主义尾巴，偶尔买到的鸡蛋，都是农民偷偷养的。

可是吃晚饭的时候，我的胃出卖了我，我吃不下饭了。我的饭量本来就很小。妈妈奇怪地说，你今天怎么了？不饿吗？我支支吾吾的，心想还是坦白吧，什么事儿都瞒不过妈妈。于是说，下午我参加篮球比赛了，好饿，就自己煮了个蛋。

姐姐瞪大了眼睛说，你居然敢自己煮蛋吃，是囫囵蛋吗？我说，不是，糖水荷包蛋。姐姐的眼睛瞪得更大了：好家伙，胆子太大了。

妈妈倒没骂我。妈妈说，那两个蛋是特意留给你过生日的。这下好，少一个了。我连忙表态说：生日我不吃了。姐姐说，反正她已经吃了那么多鸡蛋了。

妈妈问，怎么样，好吃吗？

我连忙说，没有妈妈煮的好吃。

5

姐姐说我已经吃了那么多鸡蛋了，是有原因的。我确实经历了每天吃一个鸡蛋的不同寻常的日子。

一直到上初中，我都是个面黄肌瘦的丫头，个子也矮。邻居曹阿姨和邓阿姨都跟妈妈说，你家老二怎么和老大那么不像？老大白白胖胖的，老二黄皮寡瘦的。说者无心听者有意，妈妈连忙解释说，可不是，都吃一样的饭，老二就是养不胖。曹阿姨笑笑说，那都白吃了。妈妈说，主要是这孩子一天到晚坐着不动，吃了不吸收，没办法。邓阿姨顺势表扬说，这孩子就是爱读书。

其实我的瘦弱是有深层次原因的，我隐约听父母说过，我三个月时不得已送到乡下叔叔家，一岁左右生了一场大病，就是害痢疾，拉肚子拉到奄奄一息。叔叔给我父母分别发了加急电报，感觉我要不行了。那时父亲还没见过我。但他们都赶不回去。父亲在遥远的福建大山里修路，母亲在浙北山区劳动改造。后来，我终于捡回一条命（竟然是靠拔火罐捡回的），却始终是棵病歪歪的苗子。

但妈妈不想跟阿姨们多作解释，解释起来话就长了，为什么会被送到乡下？为什么发了加急电报回不去？全部讲出来，会让她很难受，同时也担心别人对我们家另眼相看。

妈妈就和父亲商量说，我想给老二补充一下营养，她太瘦了，病歪歪的。父亲自然赞成，父亲还说，他可以每个月多拿五块钱回来，作为我的营养费。父亲每个月都把工资的一大半拿回家，自己只留二十块钱，二十块钱还得省着给老家寄。妈妈叫他不要再拿，她会在生活费里调整的。

于是初二开学时，母亲就采取措施了，给我每天增加半斤牛奶。

我们的住处紧挨着农村，旁边是个月亮村，每天早上，都会有农民担着一对桶，站在楼底下大声吆喝：打——牛奶！"打"字拖得很长，仿佛重点在打字，牛奶是次要的。妈妈就让我拿个碗下去打半斤。我已经忘了半斤是多少钱，好像是一毛，也好像是两毛。

我虽不爱喝牛奶，还是老老实实的每天喝。我也希望自己长得壮一点，高一点。但连续喝了两个月，我似乎毫无变化。母亲每天盯着我的脸看，希望看到我的脸颊泛起红晕。就像我现在种花，每次上了肥，就仔细查看有没有出现花苞。但母亲很失望，我依然黄皮寡瘦，依然羸弱不堪。

母亲想，是不是这孩子的体质不吸收牛奶？

于是母亲改变策略，停了牛奶，让我吃鸡蛋。她托曹阿姨家的亲戚，从乡下一家伙买回五十个鸡蛋，放在一个竹筐里，每天早上给我煮一个吃。早上时间紧只能煮囫囵蛋，我经常吃得噎住。有时来不及吃就装进书包里，课间休息再吃，吃得牙齿上沾着黄末，蓝蓝看到了总是示意我用舌头舔舔。那段时间，我真是吃够了煮鸡蛋。

但五十个鸡蛋吃完了，我的身体还是毫无变化。好像鸡蛋是水泡，一咬就没了。妈妈气馁了，同时也有底气了。她跟阿姨们说，你们看这孩子，天天喝牛奶吃鸡蛋，就是养不胖。曹阿姨说，还真是呢，都白吃了。邓阿姨说，长大就好了。

既然白吃，当然就不再吃了。毕竟这是额外开销，长时间付出，家里负担不起。而我，也如释重负，囫囵蛋我已经吃腻了。

一直到成年后我才知道，那几个月的牛奶鸡蛋没有白吃。因为到初三下学期，我突然开始蹿个子了，从全班最矮之一，一点点往前挪，成了中等个儿。我清楚地记得有一次做广播体操，体育老师从前面看到我，走过来把我调到第二排，嘴里嘟囔说，这孩子怎么一下蹿高了？我当时浑然不觉，现在想来，就是那几个月牛奶鸡蛋的功劳啊，它们潜伏下来成了肥料。

6

篮球联赛，我们班果然在第一轮就被淘汰了。靳老师安慰大家说，重在参与。显然靳老师也不在意这个。

于是我又回到常态，做回那个体育课的差生。但我和张建之间的关系略有缓和。她居然认真地跟我说，你还是要动一下，出出汗，天天坐起看书，个子都长不高。

我虽然点头，心里却说，才不是呢。

转眼就到我十四岁生日了。

那天是星期六。之所以记那么清楚，是因为发生了一件大事，一件比篮球比赛更大的事。

早上醒来我就想，今天是我生日呢。虽然在此之前，我已经吃了超量的鸡蛋，而且还自己偷煮了糖水荷包蛋，但心里还是盼着能在生日这天再吃上一个，不只是为了解馋。

可是，早餐没有糖水荷包蛋，就是稀饭馒头。看来妈妈忘了，她只是催我和姐姐赶紧吃饭上学，不要迟到。我也不敢吭声，老老实实去上学。中午回家，妈妈仍然没想起来，而且看她的神色，有些心神不宁，吃了几口，就匆匆忙忙跑去医务室打电话。我们那个家属区只有一部电话，可以打到父亲单位上。她打电话回来，又匆匆忙忙去上班，脸上的愁容更明显了。

在我记忆里，母亲总是愁容满面，很少开心。我隐约知道母亲曾经是报社编辑，不得已失去了工作，现在又不得已去做临时工。平日里我尽量懂事听话，不惹她生气。

没想到下午放学回家，进门就见到了爸爸。我高兴得不得了，爸爸回家，妈妈心情会好很多。

那时候父亲很少回家，他在山里修铁路，那个大山距离我们住的地方有两百多公里，而且都是山路，坐车往返要颠簸六七个小时。所以，他一个月才回来一次，回来也只待一天，星期六下午回来，星期天下午就要走。

可他上个星期六才回来过，怎么又回来了？爸爸是个严格按计划生活的人，极少破例。难道，他是因为我今天生日才回来的吗？我心里暗暗充满了期待。不过，十四岁也不算大生日（父亲认为逢五逢十才是大生日），他怎么会特意回来？

父亲笑眯眯地叫了我一声，我才想起喊爸爸。妈妈说，快去洗手，吃饭了。妈妈的愁容没有了，却有些心不在焉。

全家人围着饭桌坐下。父亲说，好，现在全家到齐了，你们都坐好了，我要给你们讲讲今天发生的事。

今天发生了什么事？我和姐姐同声问。

父亲抿嘴笑着说，你们先确定一下，我是不是好好的？胳膊腿都在吧？头发也没少吧？

父亲的话让我一头雾水。

母亲说，快说吧，到底怎么回事？你到底去工地没有？我就知道你星期六要去工地，中午一听到翻车吓死了，连忙去医务室打电话，团部的人跟我说你今天没去。我还是心神不宁的。

父亲说，我当然去工地了，就在那辆车上，但有惊无险。

父亲抿着嘴憋着笑。我很熟悉他这个样子，每次他要讲一个他认为会逗我们哈哈大笑的事情时，就是这个表情。

原来，父亲今天出了车祸！

7

父亲说，今天一大早，他坐敞篷卡车去工地，工地离机关很远。虽然他是总工程师，但每周还是要到一线工地去两次。

车开到一条河边时，突然侧翻了，卡车一头栽进河里，"四脚朝天"。卡车上罩了一个大帆布篷，所以车里的人全部扣在水下，有十来个人。

父亲说，车一翻滚我就大喊，大家不要紧张，抓住车板！但所有人都乱成一团，叽里哇啦乱叫。车子倒扣进水里后，我憋着气，想从车尾钻出去，但我是坐在前面的，靠驾驶室那里，离车尾远，关键是车上的人乱扑腾，我根本过不去，我要是被他们拽住就完蛋了。于是我打算从侧面出去，就去解侧面帆布篷的绳子。但绳子浸湿后很难解开。我一边解一边想，我可不能死，家里还有老婆，还有两个女儿。

父亲说着吃吃吃地笑起来，母亲不满地说，好了好了，快讲。

父亲说，我终于解开那绳子了，刚好可以钻出去一个人，钻出去之前，我还在水里摸到了挎包，挎包可不能丢，茶杯眼镜笔记本钢笔都在里面。我钻出去，马上浮出了水面，长出一口气，然后游到岸边。这时候，我看到工地上的人都飞跑过来救人了，我就放心了。

母亲摸着胸口说，哦，听听也吓死了。

父亲说，你们听我讲那么长时间，其实么，就两三分钟，书上不是经常说吗，说时迟那时快。我其实很快就上来了。

母亲继续追问，后来呢？

父亲说，后来，我看自己也没受伤，只是身上湿透了，就步行到工地去了，翻车的那个地方距离工地已经很近了。还好今天大太阳,我走到工地的时候,身上的衣服都晒干了,就是挎包还是湿的。他们问我,徐总,你从来不迟到的,今天怎么晚了半小时?我说,路上出了点事。这时候有个人飞跑过来问,徐总在这里吗?大家说,在这里。那人拍着巴掌说,太好了!

原来全部人救上来后,发现少了父亲,父亲是那个车上年龄最大的,有人说,看见他爬上河走了。大家无法相信,所以派个人跑来确认一下。工地上的人这才知道父亲翻了车,是自己游出水面的,全部都啧啧称赞。

父亲故作谦虚地说,没什么,小事一桩。不过么,再有一分钟解不开绳子,我就要呛水了。

其实他很骄傲。他该骄傲。父亲从小在家乡的剡溪游水,水性极好,肺活量也大,可以憋气很长时间。小时候他曾训练我和姐姐在脸盆里练习憋气,给我们做过示范。但能够这么冷静沉着,不是一般人能做到的。父亲最后说,正好下午有车回家属基地,领导就一定要让他回家,一来当面告诉家里人没事,二来也让他休息一下。

我心里暗暗想,原来发生了这么大的事,爸爸差一点儿没命。难怪妈妈心神不定,难怪大家都忘了我的生日。还好还好,爸爸没事。

　　睡觉前，父亲走过来问我和姐姐，最近怎么样。姐姐先说了情况，然后是我说。我告诉父亲，学校要让我入团，我已经交了申请书。

　　父亲很诧异地说，你才多大啊，怎么让你入团？我说我也不知道，反正是学校团委老师让我写申请的。明天我还要去参加团组织活动，到煤矿参观。

　　其实我很希望父亲说，不是十五岁才能入团吗？你还没满十四岁嘛。哦，你马上就要满十四岁了。哦，今天就是你的生日！这不是很顺理成章的事吗？但父亲听了只是点点头，神色有些困惑，也有些高兴，他转头对妈妈说，这个小木头竟然要入团了。

　　看来父亲完全忘了我生日。

　　我只好带着遗憾去睡觉。心里面嘀咕：是不是前段时间鸡蛋吃太多了，妈妈不想给我吃了？要不就是那天我自己煮了荷包蛋，算是吃过了？不过，也就嘀咕了一分钟，很快就睡着了。

8

　　第二天一早，我不得不离开家去参加组织活动：去河对岸一家煤矿参观。

我们戴着安全帽，帽子上有个灯，坐着索道缆车从井口一直下去，下到很深的井底，看工人叔叔挖煤。是多少米深我已经忘了。估计为了安全，也没敢让我们到最深的地方去。但就这样，我已经被吓得心惊胆战了。现在知道那种恐惧是有名字的，叫幽闭恐惧症。当时只是想，我现在在地底下，如果有阶级敌人搞破坏，盖上井口的盖子我就完蛋了，永远都不能见到天了。跟着又想，如果真那样，我身上只有两个馒头一包榨菜，还有一壶水，最多坚持一天吧? 然后又想，不会的，上面有好多人呢，不会盖上盖子的。然后再想，工人阶级真了不起，每天都要下到地底下，胆子太大了。

当坐着缆车重新回到地面时，我真的是长出一口气，重新活过来一般。显然，这活动对我很有教育意义，起码知道要珍惜地面上的有阳光的日子。

晚上九点多我们才返回学校。大家跳下卡车各自回家，一个个都很疲惫，还饿着肚子。街上寂静无声，店铺全关了，路灯相隔很远才有一盏，四周黑乎乎的，让人心里发虚。想想那时的老师也真够大条的，根本不在意女生夜归。而男生们也完全不懂做"护花使者"。

我一个人往家走，去煤矿参观的紧张还没松开，又被走夜路的紧张捆上了，走到最后一条街时，我的小腿肚子已经紧张到发疼了。这条街白天人都少，夜里更是昏暗寂静。我像个幽灵似的朝家移动，一会儿希望路上出现个人，一会儿又害怕出现个人。我开始给自己壮胆，想想爸爸。爸爸掉到水底下，还被车扣着都不怕，我也不应该怕。又想，我已经满十四岁了，不是小孩儿了，要勇敢。

忽然，路对面真的出现了一个人，脚步声还很重，踏踏踏的，朝我走来。我吓得哆嗦，但也不敢撒腿跑，我感觉我要是跑，就会暴露我害怕。我只能故作镇静地继续往前走，但是一颗小胆儿已经到了破裂的边缘。不知怎的，我猛然唱起歌来，就是那个"红星闪闪放光彩"，没经过脑子，完全是本能。估计发出来的全是颤音吧。

我唱着发颤的歌儿，昂着头，与那个人擦肩而过——估计那个人也吓得不轻，夜半歌声啊！我感觉他也加快了步子，迅速和我擦身而过。等他一走远，我终于控制不住撒腿跑起来。跑过那条街，再穿过一条马路，然后上坡，登上台阶，终于看到我们家那栋楼了，昏暗的灯光在暗夜里是那么温暖，我隐约看到了妈妈站在阳台上的身影。

我长出一口气，有种死里逃生的感觉。天哪，我想，今天我真是够厉害的，两次死里逃生，回家一定要好好吹一下。

我一进门，刚说了句"我回来了"，就见妈妈从厨房端了个碗出来，笑盈盈地说，饿了吧？有好吃的东西哦。接着又说，昨天忘记了，今天补过。

我一看，是糖水荷包蛋，而且是两个！

这一惊一喜，反差太大了，我有点儿回不过神来。

9

原来，早上我刚走，父亲就想起来了。他说哎呀忘了，昨天是小木头生日。父亲常叫我小木头，或者木字旁，就是傻的意思。我乐意他这么叫，但要是别人说我傻我会很生气。

父亲从来不会忘记我生日，母亲也不会忘记。但是昨天发生的车祸让他们出现了难得的混乱。母亲一拍脑门，笑说：前天还记得，昨天真是给吓忘了。父亲说，今天一定给她补个荷包蛋。母亲说，家里没有鸡蛋了。本来剩一个，昨天给你煎了。父亲说，嗨，我不该吃。母亲说，你出那么大事，怎么也该补一补。父亲说，那我去买。

父亲马上跑到江边菜市场，可是转了一大圈儿，竟然一个卖鸡蛋的小贩也没有。母亲见父亲懊恼，就安慰他说，没事的，前段时间我每天给她煮鸡蛋，她已经吃得够够的了。父亲说，那不一样的。

下午父亲午休起来，看看表说，还有时间，我再去市场看看。

父亲又跑到江边菜市场去走了一大圈，硬是一家没找到。他很无奈，四点就要返回单位了，他不得不往回走。走到半路（不知怎么，我感觉就是我吓到唱歌的那个地方），见一个男人从对面走来，提了个网兜，里面正是鸡蛋，至少有十个。

父亲眼睛一亮，连忙上前问他，同志你这个鸡蛋是在哪里买的？男人指指身后说，就是那个路上，有个人背着背篓，最后十个了，我就全买了。父亲无比羡慕地说，啊，我怎么没碰到呢。那人继续往前走，父亲再次追上他，很不好意思地说，同志，可以和你商量一下吗，今天是我女儿生日，家里一个鸡蛋也没有，我马上要回工地去了，很想走之前给她煮个荷包蛋，你可不可以让两个给我？那个人看了父亲一会儿，说，给你五个吧。我这十个鸡蛋七毛钱，五个就三毛五。父亲感激不尽，摸出三毛五，买下了那五个鸡蛋。

开头我说，十四岁生日那天，我没吃到糖水荷包蛋。其实话没说完，因为第二天我吃到了两个。很甜。

第六章:艾蒿青青

1

夏天又来了。

那个夏天留在我记忆里的，就是艾草的香气，很浓烈。那个夏天我即将满十五岁，即将初中毕业。不知怎么，我感觉和之前的夏天很不一样，天气热起来的同时，心也发热，人总是慌张不定。

课间休息，一班的高峰在教室门口喊我：徐水杉，刘老师让你放学后去团委找他。我慌忙应了一声，用我妈的话说，声音跟猫叫一样细。他喊我的时候，蓝蓝正在帮我编辫子。我总是编不好辫子，两只手放到头后编吧，编两下就够不着了，从一侧编吧，总是拧巴的。妈妈动员我剪成运动头，我不肯。我已经不好看了，再不梳辫子就像假小子了。我同桌陈淑芬自从剪成短发后，就像个假小子。蓝蓝用她的五指当梳子在我头上刮，我猜我那个样子肯定很难看。

放学后同学们都走了，我就去找刘老师，办公室的门关着，高峰站在门口。他倚着墙，斜挎着书包。他说，不是刘老师找你，是我找你。我明白了，他是怕那些男生起哄。其实我更愿意是他找我。我问，什么事？他有几分神秘地低声说，我们支部昨天开会了，讨论了几个入团申请书，有你的。

我一听，有点儿小激动，也有点儿小紧张。

上学期高峰让我写入团申请书时，我连连摇头。他很疑惑：你不愿意入团？我支吾说，我还没满15岁。高峰说，年龄差一点不要紧的，只要你表现好。我说我表现也不好。高峰生气地说，组织上叫你写申请，肯定是觉得你表现好。组织会随便叫别人写吗？"组织"两个字震慑住了我。他从口袋里拿出一份申请书递给我：你就照着这个写，加一点自己的想法就可以了。我自然是老老实实写了，结尾还用了毛泽东的诗词："为有牺牲多壮志，敢教日月换新天。"我也不知道为什么要加这两句，感觉自己很悲壮。

交上去后，我作为"积极靠拢组织"的学生，参加过几次组织活动，比如去煤矿参观，给校广播站写广播稿，办专栏。

但始终没有进一步的消息。我也没觉得失落。尽管我是班长，成绩好，可入团这样的好事怎么可能轮到我呢？我感觉自己夹着尾巴做人都来不及。妈妈知道我交了申请马上告诫我，按咱们家的情况你得有耐心，组织上肯定会考验你很长时间的。我有些小不耐烦地说，我知道。

却没想到这么快就讨论了。不知道妈妈知道了会是什么表情？

高峰说，你的申请书写得还不错。我羞赧地说，我是参考了你的。高峰摆摆手，大人的样子，意思是不值一提。他说，昨天我们挨着讨论几个交了申请的同学。嗯，这个，说到你的时候，大家觉得你成绩好，团结同学，就是，那个，有个缺点，不敢和歪风邪气作斗争。

我一听很泄气，这个缺点就像是长在我身上，从初一开始，每次期末鉴定里就有这条，不敢和歪风邪气作斗争。我怎么和歪风邪气作斗争？歪风邪气在哪儿呢？

高峰的语气和表情都很老到，真的跟老师差不多，他说：毕业前我们要发展一批，也就是最后一批了。所以你必须得抓紧。

我问，怎么抓紧？他说，当然是好好表现，争取加入啊。我又问，怎么好好表现呢？期末考试还早呢。那个时候我认为，只有考试才能显示出我的实力。他说，不是的，成绩不是主要的，重在政治表现。比如多做好人好事。

我连忙表白说，这个我知道，我经常帮同学做清洁，有时候一个小组的人都跑了，是我一个人做的。我还帮陈淑芬他们家砸石子儿（当时很多人家把大石头拉回来砸碎了卖给修路队），我还帮我们邻居王阿姨下楼提水，对了，我还帮刘大船补作业……

高峰打断我说，这些都是小事儿。你要积极参加政治活动，我都跟你说了，重在政治表现。

我又一次发傻。政治活动？那不是广播里的事吗？我突然说，对了，我写过批林批孔的稿子，还代表我们班去发言了。他说，嗯，这个可以算一个，还不够。你再好好想想。就是那种，要表现出你的立场，革命战士的立场，懂吧？要站出来，和坏人坏事作斗争。

我没吭声。我哪敢，我不被人斗争就算好的了。我们俩面对面，各自靠着一面墙。学校已经很安静了。我们还是站在那儿，中间隔着走廊。尽管我一直在发傻，可我还是愿意站在那里发傻。说得骄傲一点，高峰是男生里我唯一瞧得起的。他成绩好，会打篮球，穿得很干净，而且从不说脏话。如果不是他催我写申请书，我很可能不写。

高峰说，这样吧，你回去好好想想，写个思想汇报，把你做过的好人好事都写上，再加几条和歪风邪气作斗争的。过一个星期交给我。

高峰说他还有事，我便一个人走出了教学楼。操场上还有学生在打球，在奔跑。我贴着路边，从一棵棵树下走过，一只手习惯地从每棵树的树干上摸过去。我喜欢树，也羡慕树，它们一点儿犯愁的事都没有，该落叶就落叶，该长新叶就长新叶。不吃不喝的，不写作业，不过敏，不入团，也不用和歪风邪气作斗争。

高峰一再嘱咐我：今天我告诉你的事，你可千万不能告诉别人。这属于组织机密，知道吗？知道。我连忙答应，我不会说的。他说，我告诉你，希望你抓紧时间改正缺点，下次讨论的时候我才能帮你说话。我用力点头，心里却毫无头绪。

2

语文课一直是我的最爱。爱屋及乌，我也很喜欢教语文的姜老师。姜老师直直的短发，戴副眼镜，说一口普通话，是女老师标准的样子。当然，姜老师也喜欢我，她上课时目光总是朝向我，或者说朝向我和陈淑芬这张课桌。陈淑芬谈不上喜欢语文，但不管喜欢不喜欢，她上课都不会讲话或者搞小动作。

是个好孩子。

哪知那天的语文课，铃响之后进来的却是周校长，周校长身后还跟着个瘦小的女生。周校长说，同学们，你们姜老师生病住院了，这一周的语文课由尹老师代课。

原来那个瘦小的女生是老师！太不像老师了，感觉比我姐还小。

周校长又说，尹老师刚分到我们学校来工作，希望你们遵守课堂纪律，展现出一个良好的学习状态。

这完全是空话嘛。谁都知道我们班课堂纪律最差，怎么可能展现良好的学习状态！不要闹得太厉害就不错了。周校长突然点到我名字：徐水杉，你要大胆支持尹老师的工作。大胆支持是什么意思？罩着老师吗？我想起高峰说的，你的问题，就是不敢和歪风邪气作斗争。显然周校长也是这个意思。可是，我自己都受气，哪有本事罩着老师？

尹老师微微鞠躬，然后站上讲台，一句话也没说，就在黑板上写了四个字：白杨礼赞。嗯，字写得还不错。同学们，根据课程安排，今天这节课，我们学习茅盾的散文《白杨礼赞》。嗯，普通话也还标准，就是声音有点儿小。

尹老师翻开课本，我也很配合地翻开。这之前，我已经读过这篇课文了。不是为了预习，只是为了读。实在是没有别的书可读，语文课本一发下来，我就从头到尾先读一遍。尹老师说，哪位同学站起来读一下？没人说话。周校长说：这样，徐水杉同学读上半部分，秦向前同学读下半部分。我站起来读：

> 白杨树实在不是平凡的，我赞美白杨树！
>
> 当汽车在望不到边际的高原上奔驰，扑入你的视野的，是黄绿错综的一条大毡子。黄的是土，未开垦的荒地，几十万年前由伟大的自然力堆积成功的黄土高原的外壳；绿的呢，是人类劳力战胜自然的成果，是麦田。和风吹送，翻起了一轮一轮的绿波……

我读得很认真，一边读一边就想起了熟悉的大平原，好怀念啊，金黄色的麦地，和麦地里站立着的绿油油的杨树。离开石家庄后，我梦见过好几次这样的景色。如今居住的小城，上坡下坎，再也没有一望无际的麦田了。我读完后，秦向前接着读。教室里安静得像没人一样，如果每节课都这样该多好。

尹老师开始讲了。第一自然段还没讲完，周围的嘈杂声就像水一样漫了上来。原来，是周校长离开了。嘈杂声肆无忌惮地占领了教室，就好像飞进了一万只蚊子，而且是情绪激动的蚊子。尹老师努力用了最大的音量也压不过它们。

这是常态。通常老师在课堂上讲，底下同学也都各讲各的。老师们都习以为常，并不整顿课堂纪律，只是自顾自地讲，好像在修炼内功。有的同学甚至离开了课桌，还有同学互相扔东西扔到了讲台上，混乱的局面超出了以往。

这种情况如果是姜老师，她会不管不顾地开始讲析课文。她已经学会了在嘈杂中自说自话。在我们班，课堂上声音响亮的，从来是学生而不是老师。但尹老师显然不适应，她停下来，用课本拍了下讲台：安静，安静。你们的课堂纪律怎么那么差？

毫无作用。大家依然各说各的。尹老师死死地盯着混乱的教室，我则死死盯着她。忽然，我看到眼泪从她的眼眶里涌了出来，尹老师哭了！天呐，怎么办？我心里发慌，一方面，我很想听这篇散文的，另一方面，作为班长，眼看着我们班把老师气哭了，实在是说不过去。

我鼓起勇气站起来，用自己最大的声音喊了一嗓子：不要讲话了！

全班怔了一下，一秒钟之后就反弹了，变得更加嘈杂。有个男生学着我的声音喊，不要讲话了！故意嗲声嗲气的，引得哄堂大笑。还有男生说，你真的是孔老二的徒子徒孙吗，那么喜欢上课？我豁出去了，大声反驳说：你不要胡说八道！我才不是孔老二的徒子徒孙！我感觉自己的声音在发颤，但大家还是嘻嘻哈哈的，没人怕我。只有陈淑芬不知所措地拉拉我的手。我的眼泪有点儿忍不住了。

这时，我听见一个很粗的声音响了起来，是坐在最后一排的刘大船的声音：不许说话！哪个都不许说话！大家吓一跳，都回头去看他，他继续粗门大嗓地说，现在我宣布，哪个再说话，哪个就是龟儿子！不，哪个再说话，哪个就是破孩（鞋）！破孩（鞋）！

突然之间，整个教室鸦雀无声，有几个想笑的，拼命用手捂着嘴。"破鞋"这个说法，居然奇迹般控制住了五十多张嘴巴。刘大船一看效果这么好，命令般地对尹老师说，老师你接到讲嘛。

尹老师拿起课本，细细的声音凸现在清风雅静的课堂上，她简直有些不适应，脸都红了，害羞似的停了一下，才继续往下讲。刘大船很得意，大概他也没想到这一招效果这么好，中间有几个家伙忍不住又想开口时，他就大咳一声，说，是哪个想当破孩啊？于是又安静了。好像"破孩"两个字，是封口利器。

当天晚上我在日记里写道：今天，我终于站起来维护课堂纪律了。好吓人，我腿都软了。这个应该算敢于和歪风邪气作斗争了吧？不过，最后还是刘大船说的那句话起了作用。好奇怪，大家都那么怕当破鞋。破鞋到底是什么意思？应该是耍流氓的意思吧？

3

接下来一周，是学农劳动。

我们那时候没有"中考"这个词，尽管已经是初三下学期了，学校还是照常安排我们参加学农劳动。所谓学农劳动，就是去附近农村干活，帮助公社社员（农民）"双抢"：抢收抢种，收麦子种水稻。至于为什么要用这个"抢"字，估计是只有几天是好天气，一旦下雨，麦子就烂到地里了。

其实我们哪里是去参加什么"双抢"，就是去添乱。我们割麦子经常割不干净，割下来也捆不好，散在地里，我们走了农民得重新收拾一遍。至于插秧，那是坚决不让我们插手的，返工都是次要的，浪费秧苗他们很心疼。不过即使如此，每天胡乱地在地里窜，也是体力活。每次回来都饿得要命。

有一天回家时，路过一家面馆，陈淑芬提议去吃小面，就是一毛钱一碗的素面。有好几个同学响应，我也想去，我身上有两毛钱。她见大家都要去，很兴奋地一挥胳膊说：走啊，下馆子!

我一下子就站住了。"下馆子"?这话听着怎么不对劲儿?不像劳动人民说的,像街头地痞说的。我马上忍着饥肠辘辘说,我不去,我回家了。

晚上我在日记里写了这件事,结尾说:我觉得"下馆子"不是劳动人民的行为,所以我没有去。这件事可以算站稳立场了吧?劳动那几天我每天写日记。天天不上课,让我有点儿想写写字。当然最重要的是,为以后写思想汇报作准备。

倒霉的是,我的过敏症又犯了,腿上起了好多红疙瘩,又雪上加霜被乡下小黑蚊疯狂叮咬,两条腿看起来很是吓人,我都不敢挽裤腿。但我没吭声,更不敢请假。那时候不觉得这是病,再说我得积极要求进步。我只能在日记里安抚自己:我又过敏了,过敏的地方起了水泡,破了,一走路就很疼。但我一定要坚持参加学农劳动,以实际行动向组织靠拢。

蓝蓝见我过敏严重,建议我采点儿艾草拿回家,她说用艾草煮水洗澡,可以减轻疼痒,还消毒。蓝蓝关于草木的知识总是很丰富,也许是因为她有个从乡下来的奶奶。我就跟着她跑到坡坎上去找艾草。艾草长条条的,叶子灰绿色,背面毛茸茸的发白,一折断,就散发出一种特别的气味,很好闻。我说,这个草好像叫艾高(蒿)吧?蓝蓝说,不晓得,我奶奶就说是艾草。我奶奶说旧社会过端午的时候，家家都要把艾草挂在门上，可以驱邪，保佑全家没病没灾。

我觉得蓝蓝的奶奶总爱说旧社会这个那个，很不好，但我没吭声，我喜欢蓝蓝，也喜欢艾草的气味。其实所有草的气味儿我都喜欢。草木总让我感到亲切。我拿回家献宝似的递给妈妈：妈，这是艾高（蒿）！妈妈接过来说，不是艾高，是艾蒿。端午节要到了，我们也挂一挂。说罢她就挂到了窗户上面的挂钩上。

· 原来妈妈也知道这个习俗。

我们那时候是不过端午节的，中秋也不过。回想起来除了春节就没什么节。估计是过节太花钱了。但我是知道端午节的，爸爸给我讲过一个关于端午节的笑话。说有个人外出打工，很长时间没回家了，准备端午回家，就写了封信给他妻子。他原本是这样写的：我妻在家不要慌，我在外面帮盖房，五月初五回家转，欢欢喜喜过端阳。可是他文化不高，第一行"慌"字不会写，第二行"房"字不会写，第三行"转"字不会写，第四行"过端阳"三个字都不会写。不会写的字他全部用圆圈替代。于是就成了"我妻在家不要〇，我在外面帮盖〇，五月初五回家〇，欢欢喜喜〇〇〇。"他妻子收到信后看不懂，就去找村里人帮着读。一个戏班子的人说，这还不简单，他拿起锣：

我妻在家不要"咣"，我在外面帮盖"咣"，五月初五回家"咣"，欢欢喜喜"咣咣咣"。只要念到〇，他就敲一下锣。

　　我听到这里，总是笑得前仰后合，连声说，笑死我了笑死我了！爸爸就叫我一声，我自然应一声。爸爸就说，咦，你不是死了吗？怎么还答应我？于是我又很夸张地嘎嘎大笑起来。爸爸在家的日子，我总是很开心。

　　此后那几天，劳动一结束，我和蓝蓝就漫山遍野去找艾蒿，采下来抱在怀里回家。黄昏的街上，走过两个怀抱艾草的少女，那时候我并不知道古老的《诗经》里已经写到了这情形："彼采艾兮，一日不见，如三岁兮。"那时候我和《诗经》的距离，比它诞生的实际年头还要遥远。

　　妈妈不让我用饭锅煮艾蒿，她说会有很大的味道，那时家里只有一口饭锅。她就把艾蒿放在脚盆里，用烧开的水倒进去浸泡，再让我用来擦澡。不管有没有用，擦洗完了身上的确很舒服。

　　学农劳动的最后一天，我和蓝蓝照旧怀抱艾蒿回家。不料竟在路上遇见了高峰。他主动过来和我们打招呼：你们去打草了吗？我说，我们去采艾蒿了。他满头是汗，身上的衣服也有点儿脏，和平时不太一样。我顿了一下，把手里的艾蒿分了一半给他：喏，给你吧。

他不解地说：这个拿来干什么？我说，这是艾蒿呀，过端午时可以挂在门上。他说，哦，那是旧社会的风俗。我连忙说，我知道的。我是拿回家当中药的。他摆摆手，拒绝了，然后径直走了。

我一下感到非常尴尬，尤其是和蓝蓝在一起，很没面子。我嘟囔说，他怎么跟个大人一样？蓝蓝说，嗨，男生就这样。

蓝蓝那个时候，时常表现出对男生不屑，但我发现她比原来爱打扮多了。有一天我俩在街上遇见一个小伙子，身上穿了一件粉红色的的确良衬衣，骑个自行车，车后架上还有一大摞粉红色衬衣，估计是服装厂送货的。小伙子一边骑车一边哈哈大笑，大概有点儿尴尬也有点儿得意。因为那时的男人没人敢穿粉红色，都是灰蓝加上军绿。他穿着粉红色衬衣，飞驰过大街，像一片彩云飞过。

蓝蓝当时就跟我说，她的最大心愿，就是有一件粉红色的的确良衬衣。我很吃惊，她居然会有这样的愿望，她连不打补疤的衣服都没有。但蓝蓝充满向往地说，等我以后挣了钱，我就给自己做一件粉红色的的确良衬衣，再做一条黑色小管裤。她说得美滋滋的，好像已经穿上了似的。

我说，你想当超妹儿啊。在当地，一个男孩子若很时髦就叫"超哥"。女孩子若很时髦就叫"超妹儿"，无论是超哥还是超妹儿都和我毫不相干。那是妈妈绝不允许的。

我还在为刚才的事懊恼。我真是的,干吗要给高峰艾蒿呢?还说什么挂在门上,真是太傻了。他一定觉得我思想落后。好不容易碰见他,我怎么就不说点儿正经事?比如,告诉他我的思想汇报快写完了,下周可以交给他。

我越想越懊恼,无处发泄,就把艾蒿狠狠扔在了路边。

4

劳动结束,我的过敏症已经出现了从未有过的严重状况。右腿上过敏的水泡破了,感染化脓,肿得很厉害,妈妈不得不带我去医务室看医生。

我们那个医务室就一个医生,姓龚,头发很少,总是慢条斯理的。有一次邻居王阿姨的小儿子春生,从水台跳下来磕破了头,鲜血直流。大人都不在家,我以我的瘦弱之躯抱着春生从这个楼四楼冲下去,再上台阶爬到另一个楼,冲进医务室大喊,龚医生快来啊,春生流了好多血!那一刻我感觉自己像少年英雄刘文学,我想象着龚医生应该像国际共产主义战士白求恩,冲上来接过春生,奋力抢救……但龚医生丝毫不配合我的想象,他当时正蹲在门口洗衣服,无论我声音怎么颤抖,他硬

154

是把衣服晒了才过来给春生包扎。此事让我一辈子忘不了。

历来慢条斯理的龚医生看到我的烂腿时，竟啧啧啧摇头不止：怎么会烂成这个样子？怎么会烂成这个样子？妈妈说：她去乡下劳动。她本来就爱过敏。龚医生用盐水使劲儿冲那个烂疮，然后又用酒精狠狠擦，甚至用棉签和夹子刮伤口。我痛得不断地倒吸凉气，但忍着没叫。他一边下狠手一边说，必须洗掉这些脓，不然烂进肉里骨头里，问题就严重了。最终，他在我的小腿上洗出一个鲜红的肉洞，然后敷上药，用纱布包好，叫我少走路，每天去换药。

我因此两天没去学校。龚医生再三警告我，不好好养就会成瘸子的。这个警告相当管用，就像刘大船说的"破孩"那么管用。我老老实实在家待了两天。当然我也没白待，我开始写思想汇报。

思想汇报的前半部很顺利，我大张旗鼓地表扬了自己，把陈年烂芝麻的事都写上了。后半部开始犯难，关于和歪风邪气作斗争，我仅仅找到两条，一条是上课站起来维护课堂纪律，一条是不跟陈淑芬他们下馆子。太少了吧？我很烦，丢到一边，去厨房给妈妈打下手。

妈妈一边做饭一边和王阿姨聊天，就是春生的妈，她是河北人，喜欢包饺子，时常会端一小碗给我们。王阿姨抑制不住开心地跟我妈说，春生他爸这个月多给了十块钱生活费，手头宽松多了。

"十块钱"三个字，让我脑子的某个角落忽然亮了，我想起一件事。上学期，团委刘老师带我们十几个学生去市里参观阶级教育展览。等公交车时，我站在他旁边，他拍着挎包跟我说，今天我包包里有十块钱，腰杆硬得很。他说的时候眼里放光。我不知道他为什么要告诉我，是因为我站在他旁边吗？再有，为什么他认为包包里有十块钱腰杆就硬得很呢？十块钱应该是很多钱，可是，作为一个团委老师，他这样说好像不对吧？于是我嗫嗫地说，刘老师，你为什么这样说？为什么觉得包包里有钱腰杆硬得很？刘老师愣了一下，马上笑道，我开玩笑的，开玩笑的。你莫要当真哈。

对了，应该把这件事写上，可以证明我的觉悟很高。可是这样写，不是等于揭发了刘老师吗？前面说了陈淑芬的坏话，已经让我心里发虚，再说刘老师的坏话我还活不活了？

晚上我们一家人围着木凳吃饭，凳子上就两样菜，一个是辣椒炒海带丝，一个是清炒空心菜。开着门，我们一条走廊上家家户户都开着门吃饭，有时还会互动，端着碗尝尝彼此的菜。

我刚扒拉一口饭，觉得屋子里一黑，是有人站在门口挡住

156

了光线。抬头，竟然是高峰。我吃惊得把刚送进嘴里的饭菜一口吞了下去，差点儿噎住。

高峰很有礼貌地叫了声阿姨，然后朝我招了一下手。我马上想，他一定是来找我要思想汇报的，怎么办，我还没写完。

高峰满头是汗，感觉是跑过来的。他说，我去你们班找你，他们说你生病了没上学。我正想说我的腿感染了，他马上说，现在有个重要通知。他表情很严肃，又透着点儿兴奋：今天晚上有组织活动，交了申请书的同学都必须参加。我就专门来通知你的。

我傻了：今天晚上？他说，对，七点，在公园门口集合。

他完全不问我生了什么病，能不能参加活动，而是一副生怕我错过了好事的样子。我只好说，我的腿有点儿疼。他说，你最好坚持参加。这次活动是区团委布置的，很重要，关系到组织发展。我说，我的思想汇报还没写好。他说，那个不急，如果你参加了今晚的活动，就是最好的表现。对了，要带剪刀和尺子，最好是卷尺。

他说完就走了。姐姐问，这谁呀？来干吗？我吃了一口饭才回答说，是我们学校团支部的，通知我参加活动。妈妈说，看上去挺懂事的。我说，就是他让我写入团申请书的。姐姐问，他和你一个班？我说不一个班，他在一班。妈妈又问，他也是班干部吧？我说是，他也是班长。姐姐说，看来你们很熟喽？我说，也不算熟。

我一边回答妈妈和姐姐的轮番询问一边想，不知道高峰看见我们板凳上的菜没有？他若看见我们吃这么简单不知会怎么想？听同学讲，他爸爸是市里干部，他们家吃饭一定是坐在大桌子上的，一定有好几样菜，一定还有汤。我又一次觉得很没面子。

不过，他没催我交思想汇报，我还是轻松不少。我悄悄把妈妈做衣服用的卷尺和剪刀放进书包，然后和妈妈说，我去参加组织活动了。妈妈说你的腿走路行吗？我说已经好多了。妈妈没再反对。快出门时，妈妈小声对我说，你要是真的能入团，我就给你做一件粉红色的的确良。

原来妈妈也知道现在流行粉红色的的确良。

5

我被粉红色的的确良激励着，瘸腿来到人民公园门口。

已经有好几个同学到了，都是一起参加过组织生活的。高峰看见我马上走过来问，卷尺和剪刀带了没有？我说带了。是要办专栏吗？他说不是，比办专栏更重要。

刘老师来了，他站到台阶上，手里拿了个小喇叭，开始宣布今晚的活动内容，一条胳膊不断地挥舞着。

我听了大吃一惊，原来今晚的活动，是在大街上和歪风邪气作斗争。具体说，就是和那些穿奇装异服的人作斗争，再具体说，就是和穿小管裤的人作斗争。

刘老师说，现在社会上有一股歪风邪气，流行穿小管裤，已经影响到学校里了，有些同学也开始穿了，所以必须刹住这股风气。团员和积极要求进步的同学，要带头开展斗争。具体的做法是，凡看见穿小管裤的，就让他（或她）站住，用卷尺量一下，6寸以内的，一律剪开。不能手软。

刘老师说完，给我们每个人发了一个红袖套，上面写着"红卫兵执勤"，"执勤"两个字比我拳头还大。原来组织活动是这样的事，太出乎我的预料了。我以为就是打扫卫生办墙报之类。在大街上去剪人家的裤子，这个斗争尺度太大了，我的腿发软。

我小声叫住高峰，我说，我可以请假吗？高峰说，这种事你怎么能请假？你不想入团了？我说，我的腿疼。我撩起裤子给他看包扎的地方，可他根本不看，一副怒其不争的样子：我上次都跟你说了，你的最大缺点就是不敢和歪风邪气作斗争。今天就是考验你的时候，这么好的机会你不珍惜。我为了通知你都没来得及吃晚饭。

我没话说了,只好瘸着腿,跟在他身后。

天色还亮,大街上人挺多。刘老师带了几个同学去解放路了,让高峰带我们几个在人民路。这两条路都是市中心街道,人比较多。我整个人依然发僵,胳膊不知放哪儿,眼睛也不知往哪儿看,心里祈求着不要遇见小裤管。但是,说时迟那时快,高峰已经拦住了一个女人,他大喝一声:同志,请你站住!然后转身叫我,快过来!量一下。

我瘸着腿跟过去,蹲下身子去量,那女人的裤腿真的只有5寸半。高峰毫不客气地说,给她剪开。我拿着剪刀不知从哪儿下手,高峰抢过去,咔嚓一下剪了个口,再刺啦一声,就把裤子撕开了,从裤脚一直撕到膝盖处。让我意外的是,那个女人不但没有反抗,还笑起来了,然后她自己弯下腰,将撕开的两片打了个结,头一昂,跛跛地走了。

有了第一次,就跟新兵上战场开了第一枪一样,我没那么害怕了。我跟在高峰后面,他逮住一个,我就上前去量,然后他来剪开。我们配合得很默契。我甚至开始主动寻找目标,眼睛盯着走过的每条腿,希望多一些小裤脚,好让我们扩大战果。刚才刘老师说了,看哪个小组的成果最多。如果我们小组多,刘老师一定会记住我的,那入团就有希望了,入团有望,粉红色的的确良就……这么好的事，我简直不敢想下去了。

转眼过去了一个多小时，街上人已经不多了。我们这个小组竟然剪了9个小裤脚。多数是女的，只有一个男的。其中有两个女的哭了，让我心里不太好受。但我马上想，谁让你臭美的，谁让你有资产阶级思想的。那个男的很狂，说回去缝上了还要穿。

我们准备回家了。高峰有点儿没过瘾似的说，可惜，差一个就10个了。刚说完他就大喊一声：同志请你站一下！只见路边一个女人低个头正快速走着，见他喊拔腿就跑。高峰追上去一把拽住她。我也瘸着腿跟了上去，直扑女人的裤脚。

忽听女人开口说，水杉，是我。

我抬头一看，竟是蓝蓝！我呆住，怎么回事？怎么是你？

高峰在旁边说，你干吗呢？还不快点儿。

我结结巴巴地说，她，她是我同学。

高峰转头认出了蓝蓝。他皱着眉说，你一个学生，竟然也和社会上的超妹儿一样，太不像话了。

蓝蓝声音发抖：我以后再也不穿了，这是我今天让我妈改的，是旧裤子，不是新裤子，我是穿起耍的，我以后再也不穿了……

蓝蓝声音里带着哭腔，我很难受，就央求高峰：要不，让她赶紧回家,她保证以后再也不要穿了,行吗?高峰说,不行,我们要坚持原则。你看看她的裤脚,就算我们不剪,其他人也不会放过她的。

的确,蓝蓝那个裤脚实在太小了,说不定连五寸五都不到,几乎包着她的脚踝,我都不知道她怎么穿进去的。可是,不管多小的裤脚,她是蓝蓝,是我的好朋友。我不管不顾地拽住高峰:让她走吧。

高峰瞥我一眼,不,应该是瞪我一眼:没想到你立场那么不坚定。

那眼神感觉是失望透了,烦透了。说罢他就来夺我手里的剪刀。我一下惊醒过来,我今天是来和歪风邪气作斗争的,我必须过这一关,不然我就……所有努力都白费了。我攥紧剪刀蹲下身去,忽然闻到一股很浓的艾蒿味道,看来蓝蓝今天又去采艾蒿了。我小心地剪开她的裤缝,然后学着高峰的样子,刺啦一声将裤脚向上撕开,只是撕得比较低,没到膝盖。

蓝蓝还是哇的一声哭了,是那种被欺负,被辜负的哭泣。她一边哭一边拔腿就跑。我呆呆站立着,手心里全是汗,两腿发软。路灯下,蓝蓝脚下的裤边儿像两只倦鸟在翻飞。我的目光一直追随着那两只倦鸟没入黑暗,直到今天。